머문 듯 가는 것이
세월인 것을

머문 듯 가 는 것 이

세 월 인 것 을

김경한 지음

voiceprint

I

이 책은 제가 과거 신문이나 잡지에 발표했던 글들을 위주로 하고 여기에다가 이런저런 기회에 썼던 서간이나 연설문 중에서 몇 편을 보태어 엮은 것입니다. 묵은 자료들을 정리하다가 보니 오랜 세월에 걸쳐 쓴 글들이 여기저기에 제법 많이 흩어져 있기에 불현듯 마음이 내켜 이렇게 정리해 보았습니다.

시기적으로는 1970년대 초 그야말로 제가 청년 검사로 사회에 첫발을 내디디던 때로부터 시작하여 인생의 황혼기에 접어든 근년에 이르기까지 50여 성상(星霜)에 걸쳐 무슨 계기가 있을 때마다 띄엄띄엄 쓴 글들입니다.

지난날 제가 아는 많은 분들이 손수 출간한 귀한 저서들을 직접 또는 우편으로 저에게 보내주었습니다. 저는 그러한 기증본들을 거의 빠짐없이 다 읽어보는 편입니다. 저를 기억하여 그러한 노작들을 보내주는 성의가 고맙고 또 가까이 지내던 분들의 저서라 아무래도 그 내용에 특별한 관심이 가기 때문입니다. 그뿐만 아니라 뒷날 다른 데서 직접 저자들을 만날 때 그 책에 대하여 서로 대화를 나눌 수 있다는 것도 큰 기쁨이요 또 그것이 저자에 대한 도리가 아닐까 느껴지기도 하였습니다. 제가 이 책을 내기로 마음먹은 것도 기실 과거 저에게 그러한 저서를 보내준 분들을 비롯하여 평소 가까이 지내오던 분들에게 한 권씩 보내드리려는 것이 주된 목적이라 할 수 있습니다.

Ⅱ

이 책의 '제1부 삶의 길목에서'는 비교적 근년에 몇몇 잡지에 실렸던 수필류들입니다. 문학소년을 자처하던 젊은 시절의 감정이 거의 메말라버린 뒤의 글들이기는 하지만, 혹시 행간에서라도 그러한 정서의 흔적이 독자들에게 조금이나마 감지될 수 있다면 더없는 다행이겠습니다.

'제2부 지난날의 작은 발언들'은 1973년부터 2007년까지 제가 일간 신문과 기타 매체에 정기적으로 연재한 칼럼들입니다. 그중에는 시사성이 상실되거나 오늘날의 시대감각에 맞지 않는 내용도 없지 않지만 세상이 바뀌어도 세상 사는 이치는 별반 달라지지 않았으리라는 생각에서 손대지 않고 원문 그대로 실었습니다.

'제3부 신앙의 신비'는 제가 한 사람의 천주교 신자로서 개인적으로 또는 공동체와 함께 신앙생활을 하는 과정에서 썼던 글들입니다. 그러다 보니 다분히 신앙 공동체를 전제로 한 묵상이 주된 내용이므로 같은 신자가 아닌 분들도 널리 헤아려 읽어주시면 고맙겠습니다.

'제4부 공직에서 보낸 메시지들'은 제가 공직 생활의 끝 무렵에 시간적 간격을 두고 서울고검장과 법무부 장관으로 봉직하면서 이런저런 기회에 했던 연설과 직원들을 대상으로 내부망에 올린 서신 중에서 몇 건을 옮긴 글입니다. 각각 해당 시기의 어려운 시대상황이 투영된 내용들이라 그때의 장면들이 회상되기도 합니다.

'제5부 공직 이후의 메시지들'은 제가 공직을 떠난 후 모교의 입학식과 졸업식을 비롯하여 몇몇 공적·사적인 행사 석상에서 한 연설이나 축사 등에서 몇 편을 추려 본 것입니다. 제가 공직 퇴임 후 몇 년간 수행한 사회활동의 흔적들이라 할 수 있겠습니다.

Ⅲ

이제 원고 정리를 마치면서 전문을 다시 훑어보니, 원래 천학비재(淺學菲才)한 데다가 필력도 모자라고 주제나 형식도 각양각색이어서 마치 변두리 편의점에 진열된 해묵은 잡화들처럼 느껴지기도 합니다. 하지만 지난날 한 편 한 편 글을 쓸 당시로서는 그때마다 나름대로 골똘히 생각하면서 진심과 정성을 담아보려 애쓴 것만은 사실입니다. 그러기에 이 글들은 어떤 일관성 하에 서로 연결되는 내용이 아님에도 불구하고 대체로 한 세월을 관통해온 제 삶의 희미한 궤적(軌跡)이라 보아도 틀리지 않을 것입니다.

문득 고(故) 피천득(皮千得) 선생께서 쓰신 유명한 시 「5月」의 한 구절이 떠오릅니다.

"머문 듯 가는 것이 세월인 것을"

참으로 머문 듯하면서도 세월은 여지없이 흘렀습니다. 때로는 느리게, 때로는 빠르게 흘러갔습니다. 그런데 이렇게 나이를 먹고 나니 젊은 시절 자신을 얽매던 욕망과 완벽주의와 자의식의 벽이 서서히 무너지면서, 조금은 사람이 헐렁해지고 또 웬만큼 거리를 두고 세상을 볼 수 있는 여유도 좀 생긴 것 같습니다. 늙는다는 것이 반드시 나쁜 것만은 아닌 듯합니다. 제가 변변치 못한 이 책을 낼 용기를 가지게 된 것도 다분히 그런 헐렁함과 여유에 힘입은 것이 아닌가 생각합니다. 모쪼록 독자분들의 넓은 이해와 아량을 바랄 뿐입니다.

2022년 3월
김경한 드림

목차

제5부 | 공직 이후의 메시지들

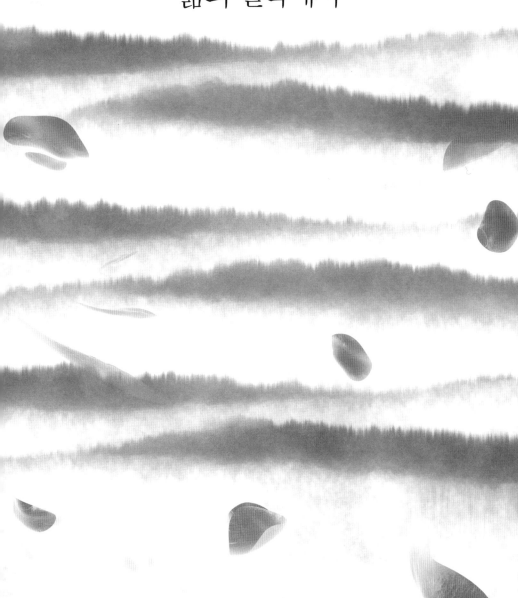

제1부

삶의 길목에서

모정(母情)의
세월

어머니.

어린 시절은 물론이고 지금도 어머니라는 이름을 떠올리면 가슴이 젖어온다.

이제는 다 이 세상에 계시지 않지만 나에게는 두 분의 어머니가 계셨다. 한 분은 나를 낳아준 생모(生母)이고, 다른 한 분은 열 살 때부터 함께 살아온 양모(養母)이다. 말하자면 어머니와 관련된 나의 인생행로는 보통 사람들에 비하여 상당히 기구하다 할 수 있다. 사연은 이러하다.

우리 집안은 500여 년에 걸쳐 경북 안동에 세거(世居)하여 왔다. 도산서원에서 가까운 낙동강변의 광산 김 씨 집성촌이다. 조부님께서는 슬하에 4형제를 두셨는데 나의 아버지께서 그중 장남이셨다. 그런데 차남인 나의 숙부님께서 숙모님과 결혼한 지 일 년여 만인

1934년 단신으로 일본 동경에서 유학하다가 돌연히 병을 얻어 별세하셨다. 내가 태어나기 10여 년 전 일로서, 그때 숙모님은 꽃다운 스물셋의 나이였다. 온 집안이 그러했지만 특히 숙모님에게는 청천벽력이 아닐 수 없었다.

그로부터 우리 숙모님의 고달픈 인생살이가 시작되었다. 당시의 법도로서는 재혼이란 생각조차 할 수 없는 일이었다. 시집과 친정을 오가며 서러운 나날을 보내는 가운데 한 가닥 희망이 있다면 그것은 앞으로 태어날 조카들 가운데서 양자를 얻는 일이었다. 당시 아버지 형제분들 슬하에 아들이라고는 나의 형님 한 분뿐이었고, 형님은 맏집의 장자라 당연히 처음부터 대상에서 제외되었다. 문중 어른들이 심각하게 논의한 끝에 장차 맏집에서 아들이 하나 더 나면 숙모님께 주기로 방침이 정해졌다. 나의 부모님께서도 이 방침에 대해 언감생심 다른 의사를 표시할 수가 없었다.

그때부터 숙모님의 기약 없는 기다림이 시작되었다. 어머니가 아이를 가져 산월이 가까우면 숙모님은 우리집으로 오셔서 힘든 해산바라지를 전담하면서 아들이 나오기를 학수고대하셨다. 그러나 이 일을 어찌하랴! 어머니는 그 후 내리 딸만 다섯을 낳으셨다. 그때마다 숙모님의 실망감은 이루 말할 수 없었고 어머니는 무슨 죄인인 양 숨을 죽이셨다.

그렇게 기다린 지 10년이 지나서야 마침내 내가 태어났다. 고추

달린 아기를 받아내면서 숙모님의 기쁨이 어떠했으리라 하는 것은 짐작하고도 남음이 있다. 숙모님은 사흘 동안 아무것도 먹지 않았지만 전혀 배고픈 줄도 몰랐다고 후일 나에게 술회하셨다.

그렇게 나의 입양은 태어나기 전부터 운명 지워져 있었고, 다만 아직은 너무 어려서 좀 더 자라기만 다들 기다리고 있었다. 내가 세 살 되던 해 아버지의 직장 관계로 우리 가족은 안동에서 경주로 옮겨 살았다. 어린 시절부터 집안 식구들은 수시로 "네가 살 집은 여기가 아니고 안동에 있는 작은어머니 집이다"라고 말하고, 숙모님이 경주 집에 오시면 "너희 엄마 오셨다"라고 말했다. 그처럼 어린 시절부터 나에게 마음의 준비를 시킨 것이었다.

그러한 과정을 거치면서 유년 시절부터 나는 막연하게나마 장차 내 삶에 중대한 변화가 올 것이라는 느낌을 가졌고, 또 그것은 도저히 거역할 수 없는 일종의 운명 같은 것으로 나의 의식에 각인되었다.

당시 우리집 분위기는 화목하였고 경제사정도 그런대로 유복하였다. 유치원이 귀하던 그 시절에 어머니는 나를 성당에서 운영하는 유치원에 넣어 2년간이나 다니게 하셨다. 어머니는 다소 병약하기는 하였지만 어린 내가 보기에도 얼굴이 예쁘게 생기신 데다가 마음씨도 명주 고름처럼 고우셨다. 막내인 나를 끔찍이 귀여워하여 항시 팔베개를 해주시고는 함께 잤고, 남존여비 사상이 강하여 그 많은 누나들과는 모든 면에서 완전히 차별대우를 하셨다. 내가 초등학교에 입학하고부터 공부를 제법 잘하여 여러 차례 상을 받자 어머니는 이를 더없이 자랑스럽게 생각하셨다.

그렇게 지내던 중 내가 초등학교 3학년 1학기를 마칠 무렵 어느 날 숙모님께서 홀연히 경주 집에 오셨다. 마침내 나를 데리러 오신 것이었다. 막연히 예상은 하고 있었지만 막상 그 일이 현실로 다가오자 부모님의 충격은 너무나 컸다. 아버지는 말씀이 없어지셨고 어머니는 구석구석에서 눈물을 흘리셨다. 그러한 모습을 보고 나의 마음도 순간적으로 상당히 쓸쓸하고 참담해졌다. 정든 가족을 떠나 낯선 집에 가서 살아야 한다는 것이 두렵기도 하였다.

그러나 한편으로 이러한 장면에서 내가 너무 동요되는 모습을 보여서는 안 된다는 생각이 들었다. 나는 이미 그렇게 되도록 운명 지워져 있고 이에 조금이라도 불복하는 것은 어른들에게 실망을 줄 뿐이라는 생각이 들었다. 오랜 '세뇌 공작'의 결과이겠지만 어린 나이에 어떻게 그런 마음을 먹게 되었는지 지금 생각해도 스스로 신기하게 여겨진다.

어머니는 며칠간 나의 책과 옷가지 등을 챙겨 짐을 싸주셨다. 초등학교의 전학 절차도 마치고, 떠나기 전날 사진관에 가서 마지막 가족사진을 찍었다. 다음 날 경주역에서 숙모님과 함께 안동행 기차를 탔다. 역에 전송 나온 어머니와 누나들은 모두 울었다. 그러

머문 듯 가는 것이 세월인 것을

나 나는 눈물을 보이지 않으려 애썼다.

그렇게 하여 나는 열 살의 나이에 친부모님을 떠나 안동의 양어머니네로 옮겨 살았다. 식구라고는 그 어머니 한 분뿐이고, 새로 전학 간 초등학교도 낯설었다. 집은 어머니의 친정에서 무료로 빌려준 방 두 칸짜리 작은 한옥인데, 건넌방에는 다른 사람들이 살고 우리는 안방 하나만을 사용하였다. 양식을 해결하고 조금 남을 정도의 한 뙈기 농지 외에는 별다른 재산이 없어 생가에 살 때보다는 훨씬 가난한 생활이 시작되었다.

양어머니는 친어머니와는 반대로 골격이 크고 기운도 세며 강인한 성격의 소유자였다. 그래서 고생도 잘 견뎌내고 생활력도 매우 강한 편이셨다. 아무런 고정수입이 없었으므로 주로 친인척들을 상대로 당시 성행하던 계(契) 같은 것을 꾸려 어렵사리 생활비와 나의 학비를 조달하셨다.

처음부터 양어머니는 모든 생의 의미를 오로지 나에게만 두고 사시는 것 같았다. 나의 일거수일투족에 초인적인 관심을 가지고 신경을 곤두세우면서 맹목에 가까우리만큼 지극한 사랑을 베푸셨다. 특히 졸지에 생가를 떠나 행여 내가 많이 상심하거나 방황하지나 않을까 마음 졸이셨고, 하루 빨리 내가 생가를 잊고 양가를 온전히 나의 집으로 받아들이기를 바라는 눈치셨다. 어머니는 가급적이면 생가 쪽으로부터의 경제적 원조를 받지 않고 혼자 힘으로 가계를 꾸려나가려고 애쓰셨는데 이 역시 그러한 이유에서였던 것 같다. 때로는 어머니의 지나친 관심과 맹목적인 사랑이 부담스럽고 성가시게 느껴질 때도 없지 않았으나 나는 될 수 있으면 그런 느낌을 내색하지 않으려 애썼다. 왠지 그것은 어머니에게 몹쓸 짓처럼 생각되었기 때문이었다.

하지만 방학이 되면 어머니는 예외 없이 나를 경주의 생가로 보내셨다. 두 시간 정도 걸리는 완행열차로 경주역에 도착하면 부모님과 누나들이 열광적으로 환영해 주었다. 당시에 듣자 하니 생가의 어머니는 나를 보낸 후 아픈 마음을 걷잡지 못하고 밤낮없이 눈물로 보내셨다고 했다. 그 말을 듣고 나도 가슴이 저려왔다. 천륜이란 참으로 어쩔 수 없는 것인가 보다. 많은 식구들과 어울려 지내는 방학 동안의 생활은 아무래도 둘이서만 적막하게 지내는 안동에서보다 즐겁고 행복했다. 그래서 개학을 맞아 안동으로 돌아가면 한동안 마음이 썰렁하게 느껴졌다. 그러나 어느 집에 있든 간에 나는 자칫 미묘한 분위기를 조성할 수 있는 감정표현을 자제하고 나름대로 균형감각 같은 것을 잃지 않으려고 애썼다.

초등학교를 졸업하면서 나 스스로의 결정으로 경북중학교에 들어갔고 이에 따라 양어머니와 나는 대구로 이사했다. 그리고 중·고등학교를 마치고는 역시 나 스스로의 결정으로 법과대학에 입학하면서 서울로 이사했다. 말하자면 내가 가자는 곳이면 어머니는 한 번도 반대하지 않고 그곳이 어디든 따라나서셨다. 어린 나이 때부터 나는 한 집의 호주요 가장이었던 것이다.

대학 2학년 때 생가의 어머니가 병을 얻으셨다. 원래 연약한 체질로 자주 자리에 누우셨는데 그것이 심한 간경화로 이어진 것이었다. 그때만 해도 의술이 지금 같지 않아 백약이 무효로 여러 달 고생하신 끝에 60세를 일기로 세상을 떠나셨다. 생전에 맏며느리로 7남매를 낳아 기르시느라 몸고생도 많았고 얌전한 성품에 드러내지 않은 마음고생도 많았을 터였다. 그중에 나를 떠나보낸 것도 작지 않은 마음의 상처를 남겼음은 짐작하기 어렵지 않았다. 생전에 내가 좀더 살뜰하게 대해 드리지 못한 것을 후회하면서 임종의 자리에서 나는 처음으로 서럽게 울었다.

나의 대학생활은 비교적 순탄했다. 여전히 가난했지만 양어머니는 학비를 제때에 조달해주셨고, 공부에 지장이 된다고 그 흔한 아르바이트도 못하게 말리셨다. 졸업 후 몇 차례 사법시험에 낙방하여 산사(山寺)를 전전할 때에도 매달 정해진 날짜에 어김없이 생활비를 보내주셨고, 그러고 나면 여유가 전혀 없어 정작 당신은 거의 끼니만 때우는 힘든 생활을 하셨다. 감사하기도 하였지만 한편으론 내가 느끼는 부담감도 엄청나게 컸었다.

다행스럽게도 내 나이 스물여섯에 가까스로 사법시험에 합격하였을 때 어머니의 감격은 이루 말할 수 없었다. 평생토록 호된 고생을 하면서 애지중지 나를 길러 마침내 소원을 이룬 셈이다. 그해 가을 지금의 아내와 결혼하여 새 가정을 꾸몄다. 이어서 검사로 임관되어 그런대로 생활이 안정됨에 따라 그때부터 어머니는 부양을 하는 입장에서 부양을 받는 입장으로 삶의 대전환이 이루어졌다. 어느덧 환갑의 연세였다.

결혼 후 우리 부부는 당연히 어머니를 한집에 모시고 살았고, 오랜 기다림 끝에 태어난 손주는 완전히 할머니의 차지가 되었다. 아이는 아무런 정서적 거리감 없이 본능적으로 할머니를 따랐다. 내가 어른이 된 후로도 아버지가 계시는 생가를 아내와 함께 기회 있을 때마다 찾아뵙기는 하였지만 직장생활에 쫓기는 데다가 어머니도 계시지 않으니 아무래도 그 횟수가 줄어들 수밖에 없었다.

고생 끝에 맞이한 양어머니의 안정되고 평온한 생활은 약 25년 가까이 계속되었다. 그러던 중 내가 검찰 중견 간부로 있던 1994년 돌연히 위에 종양이 발견되어 입원치료를 받으시던 중 몇 달 만에 84세의 일기로 홀연히 세상을 떠나셨다. 청상이 되신지 어언 60여 년, 남달리 기구했던 일생을 마치신 것이다. 열 살 때부터 40년이 넘게 고락을 함께하며 살아온 세월을 회상하며 나도 아내도 아이도 서럽게 울었다.

3년 후 친가의 아버지께서도 93세로 천수를 누리고 별세하셨다. 이로써 생가와 양가의 부모님이 모두 세상을 떠나신 것이다.

그로부터 다시 적지 않은 세월이 흘렀다. 그 사이 나는 긴 공직

생활에서 물러나 몇 년째 자유인으로 살아가고 있다. 어느덧 고희를 넘겼다. 그러나 이 나이에도 두 분 어머니를 회상하면 그 질긴 모정의 세월이 한없이 그리워진다. 여러 가지 면에서 많이 다르셨고, 그래서 나에게 남겨진 추억도 각기 다르지만, 그럼에도 불구하고 두 분이 아낌없이 쏟아주셨던 그 지극한 사랑은 똑같은 온도로 내 핏속에 남아 흐르고 있다.

— 《경맥》, 2014. 10.

하숙집 딸

아내와 나는 아득한 중·고등학교 시절부터 지역 글짓기 모임 같은 데서 가끔 조우하여 서로의 이름과 얼굴을 익혔다. 그 후 서울에서 함께 대학생활을 하면서 누가 먼저랄 것도 없이 자연스럽게 연인 관계로 발전하였고, 우리는 주로 신촌이나 동숭동 문리대 교정 같은 데서 데이트를 했다. 법대생이었던 나는 명색이 고시 공부를 한답시고 학교 도서관을 드나들기는 하였지만, 그것은 데이트 사이사이의 매우 짧은 시간뿐이었다. 지극히 당연하게 몇 차례나 고시에 낙방했다.

대학을 졸업하고서야 정신이 번쩍 든 나는 당시 많은 고시생들이 그러하듯이 먼 절간에 들어가 용맹정진(勇猛精進)할 결심을 굳히고 그녀에게 이를 통고하였다. 그녀는 눈물을 머금고 대구의 자기 집으로 낙향하여 기약 없는 나의 합격을 기다릴 수밖에 없었다.

그러던 중 쓸쓸이 지내던 그녀에게 뜻밖에도 새로운 친구 한 사람이 생겼다. 미국에서 대학을 갓 졸업하고 케네디 대통령이 창설한 '평화봉사단(Peace Corps)'의 일원으로 한국에 파견된 맥신 설빈 (Maxine Salvin) 양이었다. 설빈 양은 아내의 모교인 경북대 사대부중 영어 교사로 부임해 온 터였고, 대구에서 숙소를 구하던 중 마침 학교의 소개로 비교적 환경이 좋은 아내의 집에 입주하게 된 것이다. 설빈 양은 앳되고 예쁘게 생긴 데다가 성격이 한국 여성과 비슷하게 다소곳하고 다정다감하였던 모양이다. 그래서 비슷한 성격인 아내와는 금세 친해져 영어와 한국어를 서로 가르쳐주며 살뜰한 우정을 나누었다. 나와 떨어져 있는 동안 그녀는 아내에게 적지 않은 위안이 되었을 터였다.

이렇게 하여 맥신 설빈 양은 약 15개월을 아내와 룸메이트로 지내다가 한국을 떠났다. 그녀가 떠난 후 아내는 다시 서울로 올라왔고, 설빈 양은 곧장 미국으로 돌아가지 않고 일본을 비롯한 여러 나라를 거치며 영어강사로 지내는 바람에 서로의 주소지가 자주 바뀌면서 연락이 끊어지고 말았다. 아내는 그 후로도 수시로 그녀를 그리워하며 다시 연락이 될 수 있는 날이 오기를 바랐다.

하지만 그러한 아내의 소망은 이루어지지 못한 채 40여 년의 세월이 흘렀다. 그 사이 나는 다행스럽게 고시에 합격하고 기다리던 아내와 대망의 결혼도 했다. 검사로 임관되어 여러 보직을 거친 끝에 분에 넘치게도 법무부 장관의 자리에까지 올랐다.

장관으로 재직하던 2008년 12월, 캐슬린 스티븐스(Kathleen Stephens) 씨가 주한 미국대사로 새로이 부임하여 인사차 법무부를 예방해 왔다. 스티븐스 대사는 남편이 한국인이었고, 과거에도 여러 차례 한국에 근무하여 우리말을 자유자재로 구사하는 그야말로 친한파 외교관이었다. 거기에 보태어 그녀는 과거 1970년대에 평화봉사단원으로 한국에 파견되어 충남 예산중학교에서 영어 교사로 활동한 경력이 있었다.

이 점을 간파한 나는 그날 대사와 공식적인 대화를 마친 다음 40년 전 평화봉사단원이었던 맥신 설빈 씨와 아내와의 사연을 설명하고 혹시 대사께서 그 친구의 미국 내 소재를 알아낼 수 있는 방법이 있다면 좀 도와 달라고 청했다. 스티븐스 대사는 흔쾌히 수락했다. 평화봉사단원들은 귀국 후 파견 국가별로 친목 조직을 유지하고 있는데 과거 한국에 왔던 단원들도 '한국의 친구들(Friends of Korea)'이라는 조직을 가지고 있으니 우선 그리로 한번 연락해 볼 것이고, 혹시 거기서 실패하는 경우 미국 전역을 샅샅이 뒤지는 한이 있더라도 찾아내고야 말겠으니 걱정 말라는 것이었다.

그리고 나서 두어 달이 지난 이듬해 2월, 스티븐스 대사로부터 편지가 왔다.

친애하는 김 장관님,
저는 부인께서 그리워하는 맥신 설빈(결혼 후 이름은 맥

머문 듯 가는 것이 세월인 것을

신 스타네사) 씨의 소재를 알려드릴 수 있게 되어 매우 기쁘게 생각합니다. 그분은 부인께서 지금도 자신에 대하여 그토록 아름다운 기억을 가지고 있음을 듣고 한없이 반가워하면서 재회의 날이 오기를 기다리고 있다고 합니다. 지난해 제가 장관님을 뵙게 된 것을 큰 영광으로 생각하면서, 장관님 내외분과 계속 가까이 지낼 수 있기를 바랍니다.

이러한 사연과 함께 맥신 설빈 씨의 미국 내 주소와 이메일까지 병기되어 있었다.

반가운 소식은 여기서 그치지 않았다. 그해 7월 미국 대사관으로부터 전화 연락이 왔다. 과거 한국에 파견된 바 있었던 평화봉사단원 30여 명을 이번에 서울로 초청하였는데 그중에 맥신 설빈 씨의 이름도 포함되어 있다는 것이었다. 스티븐스 대사의 특별 배려임을 묻지 않아도 알 수가 있었다.

며칠 후 과연 그 친구는 40년 만에 다시 한국 땅을 밟게 되어 아내와 얼싸안으며 재회의 기쁨을 나누었다. 이십 대의 젊은 처녀였던 두 사람이 육십이 넘은 나이에 다시 만나게 되었으니 감회가 매우 컸으리라. 설빈 씨와 아내는 함께 대구로 내려가 아내의 모교이자 과거 설빈 씨가 봉사하였던 중학교를 방문하여 당시의 동료 교사들과 제자들을 만나는 등 뜻깊은 시간을 가졌다.

다시 며칠 후 스티븐스 대사로부터 우리 부부 앞으로 만찬 초청장이 왔다. 방한한 평화봉사단원들을 위하여 대사가 관저에서 베푸는 디너 파티였다. 당일 대사관저에는 방한한 30여 명의 평화봉사단원들을 비롯하여 100여 명의 국내외 인사들이 참석하였다. 대사가 인사말을 하고 이어서 내가 우리 정부를 대표하여 축사를 했다.

먼저 평화봉사단이 한국에 처음 파견된 1966년부터 15년간에 걸쳐 총 3,200여 명의 단원들이 우리나라의 경향 각지에서 영어교육, 의료지원, 직업훈련 등 여러 분야에 걸쳐 큰 기여를 한 점에 깊은 감사의 뜻을 표했다. 그리고 1966년 당시 1인당 국민소득이 125불로 최빈국(最貧國)이었던 우리나라를 오랜만에 다시 방문하여 이렇게 달라진 오늘날의 모습을 목격하고 모두들 매우 놀랐으리라 짐작되며, 특히 이제 우리나라가 세계 제3위의 해외 봉사단 파견국가가 되었음을 일러주었다.

이어서 자리를 함께 한 맥신 설빈 씨와 아내와의 특별한 개인적 인연을 설명하고 이번에 대사님의 도움으로 두 사람이 40년 만에 이 자리에서 상봉하게 된 사실을 밝혔다. 그러면서 내가 설빈 씨를 소개하자 좌중에서 박수가 터져 나왔고 그녀는 손을 흔들어 답례했다. 식사 후 우리는 따로 대사관저 정원에서 밤늦도록 이야기를 나누며 회포를 풀었다.

40년 전 젊은 미국인인 설빈 씨로서는 당시 내가 무슨 시험을 준비한답시고 먼 절간에 들어가 연인을 오랫동안 외롭게 기다리게 했던 한국 고시생의 생태를 도저히 이해할 수 없었던 모양이다. 그랬는데 이번에 다시 한국에 와서 보니 내가 그 시험에 합격하여 제법 사회적 성취를 이룬 듯도 하고, 대사관 파티에서 스피치를 하면서 자기를 특별히 소개해 주기까지에 이른 것을 무척 신기해하고 또 감격스러워했다.

그런데 그다음 날 아침 놀랍게도 모 조간신문에 설빈 씨의 천연색 사진과 함께 그녀를 인터뷰한 제법 큰 박스기사가 났다.

하숙집 딸 성명숙 씨 40년 만에 재회

〈김경한 법무장관 부인〉

한국 찾은 미국 평화봉사단원 맥신 스타네사

이런 제목 아래, 우선 그녀가 과거 한국에 있을 때 매우 신기하게 여겼던 몇 가지 추억담으로, 당시 학생들이 난로에 도시락을 올려놓아 교실에 음식 냄새가 진동하였던 일, 여성들이 미니스커트를 입었다고 경찰이 단속을 벌이던 장면 등을 회고하였다. 그리고 이번 방문에서 맥신 스타네사 씨가 40년 전 하숙집 딸이었던 성명숙 씨(김경한 법무부 장관 부인)를 만날 수 있었다는 이야기로 이어졌다. 특별히 기억에 남는 일은 당시 성 씨 집에서 전쟁으로 가족을 잃은 친척들을 비롯한 여러 사람들을 데려다가 일거리를 주며 가족처럼 지내고 있던 모습과 그처럼 정겨웠던 성 씨 집안의 분위기라고 했다. 또 설날 온 가족이 모여 차례를 지내던 모습도 떠오르고, 그때

주인집에서 여러 딸들과 함께 자기에게도 설빔으로 색동옷을 한 벌 지어 주어 설날에 입고 다녔고 그 옷을 지금까지도 고이 보관하고 있다고 전했다.

아내는 난생 처음 자신의 이름이 신문기사의 제목으로 나온 것을 보고 몹시 당혹스러워하였고, 또 자기를 '하숙집 딸'이라 지칭한 데 대하여 약간의 불만을 토로하였다. 자기 집은 한 번도 하숙을 친 적이 없고, 모교의 부탁에 따라 그녀를 집에 초빙하여 무료로 숙식을 제공한 것이니, 그것은 하숙이라 하기 보다는 시쳇말로 '홈스테이' 라는 것이었다. 나는 홈스테이를 우리말로 번역하면 바로 하숙이 되는 것 아니냐, 그리고 보니 내가 하숙집 주인 딸과 결혼하였구나, 하면서 놀려주었다. 과연 그날 인터넷에는 "하숙하던 고시생이 하숙집 딸과 결혼한 것 아니냐?", "그 집 부모는 선견지명이 있어서 딸을 위해 일찌감치 미국인을 하숙생으로 받아들여 영어를 배우게 한 덕분에 딸을 좋은 데 시집보낸 모양."이라는 등등의 댓글이 올라오기도 했다.

이제 그 일 또한 여러 해 전의 아스라한 옛이야기가 되었다. 다시 미국으로 돌아간 맥신 설빈 씨는 지금 보스턴에서 살면서 '한국의 친구들'에 소속되어 몇 가지 봉사활동을 하며 지낸다고 한다. 미국 이라고는 LA를 비롯한 서부지역을 한 번밖에 가 본 일이 없는 아내 는 설빈 씨도 만날 겸 미국 동부지방을 한번 가보고 싶어 한다. 하지만 이래저래 지금까지 그 뜻을 이루지 못하고 있다. 젊디젊었던 그 '하숙집 딸'도 같은 또래였던 벽안의 '하숙생'도 이제 인생의 황혼을 맞고 있다. 세월은 참 빠르기도 하다.

—《피데스》, 2017.

내 마음속에
흐르는
낙동강

　중학교에 들어가면서 나는 고향 안동을 떠났다. 그래서 안동에 관한 나의 추억은 주로 유년 시절과 초등학교 시절로 좁혀진다. 물론 그 후로도 가끔씩 고향을 찾았고 고향 사람들과 자주 만나기도 하지만, 오랜 세월 객지생활에 시달리면서 어느덧 황혼길을 넘고 있는 나에게 있어 고향은 역시 현실의 곳이라기보다는 아련한 꿈과 그리움이 깃든 어린 시절의 공간이라 할 수밖에 없다.

　내 고향 안동군 예안면 오천동(烏川洞). 그곳은 뒤쪽에 낮은 산들이 병풍처럼 둘러서 있고 앞으로는 오천, 순수한 우리말로 '외내'라 부르는 낙동강 지류가 흐르는, 문자 그대로 산자수명(山紫水明)한 마을이었다.

　이 아름답고 정겨운 마을에서 나의 선조들은 입향시조 이래 5백여 년간을 연면히 살아왔고, 나도 그 끄트머리를 이어 그곳에서 태어났다.

　그런데 뉘 알았으랴. 1970년대에 안동댐이 건설되면서 이 유서 깊은 마을이 통째로 수몰되는 바람에 오랜 세월 고향 사람들의 발길이 닿고 손길이 스쳤던 그 정든 터전이 흔적조차 찾아볼 수 없게 되었다. 상전(桑田)이 벽해(碧海)가 된다는 말이 옛글의 과장 용법에서만 쓰이는 줄 알았더니, 이런 것이 바로 상전벽해가 아니고 무엇이겠는가. 오순도순 모여 살던 고향 사람들은 수몰과 함께 혹은 부근의 다른 마을로, 혹은 안동 시내로, 혹은 큰 도회지로 뿔뿔이 흩어졌다. 그들은 저마다 실향민 아닌 실향민이 되어 오늘도 허전하고 아린 감회를 가슴에 묻은 채 살아가고 있다.

　다행히 수몰과 함께 문중에서 호수 주변 야산 자락의 양지바른 터를 닦아 옛 마을에 있던 집들 중에서 사당, 종택, 정자와 같이 문화재로서의 가치가 있는 건물들은 이전 복원하여 군자리(君子里)라는 옛 별칭에 따라 제법 큰 문화단지를 이뤄 놓았으니, 그나마 한 가닥 위안이 된다.

　어린 시절에 대한 나의 추억은 주로 낙동강과 '외내'에 관한 것이 많다. 그때 낙동강도 외내도 그 물결은 투명하리만큼 맑았고 누구에게나 정겨웠다. 여름밤이면 동네의 일가친척들은 남녀 따로따로 목욕 나들이를 즐겼고, 그리고는 강변에 모여 앉아서 이야기꽃을 피우기도 하였다. 그리고 방학이 되면 고향에 돌아온 유학생들이 강변에 앉아 멋들어지게 하모니카를 불거나 밤이 이슥하도록 구성진 사연의 유행가를 부르기도 하였다.

그때는 홍수도 지금보다 훨씬 잦았던 것 같다. 개천에 큰물이 지면 상류에서 온갖 것이 다 떠내려 온다. 수영을 잘하는 청년들이 황토물 속에 뛰어들어 수박이나 참외 같은 것을 건져 오기도 하였다. 물살이 워낙 세기 때문에 처음 뛰어든 지점보다 까마득한 하류에서 커다란 수박을 한 덩이씩 안고 뭍으로 올라오는 장면을 경이의 눈으로 바라보곤 하였다. 제방에서 한 쪽씩 얻어먹던 그때의 수박 맛은 언제까지나 잊을 수 없지만, 지금 생각하니 수박 한 덩이에 걸었던 그 청년들의 위험이 너무나 컸던 것 같아 아찔한 생각마저 든다. 그만큼 먹을 것이 귀하던 시절이었다.

6·25 전쟁이 나던 해 나는 초등학교에 입학했다. 가친의 직장 관계로 3학년 1학기까지는 잠시 경주에서 학교를 다니다가 3학년 2학기에 다시 고향으로 돌아와 읍내의 안동중앙국민학교(지금의 안동초등학교)에 편입했다.

전란 중에 학교 건물이 깡그리 파괴되어, 그 폐허 위에 흙벽과 초가지붕으로 가교사를 짓고 책상도 없이 흙바닥에 가마니를 깔고 앉아 수업을 했다. 특히 겨울이 되면 내복도 변변히 입지 못한 데다가 바닥에서는 냉기가 올라오고 창호지를 바른 창문으로 황소바람이 들어와 온몸이 얼어붙어 버릴 것 같았다. 더구나 한창 장난이 심한 어린 시절이라 창문의 창호지는 바른 지 열흘이 못 가 만신창이로 구멍이 나고 한 달쯤 지나면 거의 창틀만 남을 지경이 되었다. 그러면 각자 집에서 창호지 한 장씩을 가지고 와서 토요일 오후 같은 때 풀을 쑤어 다시 발랐는데, 그때 배운 덕으로 지금도 도배라면 어느 정도 자신이 있다.

초등학교 시절에도 나는 많은 시간을 안동 읍내의 영호루 건너편 낙동강 백사장에서 보냈다.

여름날 학교수업이 파하면 우리들은 으레 몇 사람씩 짝을 지어 낙동강으로 뛰어나갔다. 모래사장에 책보자기를 던져두고 어두워질 때까지 물장구를 치거나 모래바닥에 뒹굴거나 붕어나 피라미 따위의 물고기를 잡으며 놀았다. 물가의 얕은 풀숲을 모래로 완전히 둘러막은 후에 '역귀'라는 풀을 돌멩이로 찧어서 물에 풀어놓으면 그 독한 냄새 때문에 물고기들이 견디다 못해 수초 속에서 밖으로 나오는 것을 그냥 손으로 건져내 잡았다. 재수가 좋으면 한 자리에서 고무신 하나 가득 찰 정도의 피라미를 잡을 수 있었고 때로는 커다란 뱀장어가 헤쳐 나와 우리를 놀라게 하기도 하였다.

겨울에도 낙동강은 어린이들에게 더할 수 없이 좋은 놀이터였다. 추위에 강물이 얼어붙기가 무섭게 우리들은 모두 직접 만든 앉은뱅이 스케이트를 타고 많은 시간을 낙동강에서 보냈다. 이것이 익숙해지면 발 스케이트라 하여 서서 타는 스케이트를 탔는데 그것 역시 누구든지 직접 만들 수 있었다. 발 스케이트는 신발만 한 크기로 다듬은 두 쪽의 나무판자 밑바닥에 굵은 철사로 날을 대고 나무판자 주위에 못을 여러 개 박아 끈으로 발등을 칭칭 묶는 방법으로 고정시키는 것이다. 요즘 아이들은 상상도 못할 정도로 조잡한 도구였지만 그래도 그 정도는 상급 학년 아이들이라야 만들어 탈 수 있는 것으로, 앉은뱅이를 타는 저학년 아이들에게는 동경의 대상이 되곤 하였다.

겨울이고 여름이고 간에 우리들이 강에서 동네 집으로 돌아오는 시간은 땅거미가 끼는 저녁 무렵이었다. 돌아오는 길은 지치기도 하였지만 언제나 배가 고팠다. 점심 도시락 하나 외에는 종일토록 아무것도 먹지 못한 채 정신없이 놀았으니 그럴 수밖에 없었다. 저녁 노을이 짙게 드리운 강둑길을 일렬종대로 줄을 지어 후줄근한 발걸음으로 돌아오면서 우리는 노래를 불렀다. 그때 우리들이 자주 부른 노래는 "전우의 시체를 넘고 넘어"와 같은 약간 애조를 띤 군가들이었다. 지금 생각하면 그 또한 전쟁이 남겨준 아픈 상흔이라 하겠다.

6학년이 되면서부터 중학교 진학 준비로 과외수업이 시작되면서 우리의 낙동강 나들이도 뜸해지게 되었다. 그 대신에 학교에서 늦도록 공부를 한 후 귀가하는 밤길이 우리에게 유일한 자유 시간이 되었다. 어두운 골목길을 걸으면서 우리는 각자 앞으로 진학할 학교나 장래의 희망 같은 것에 대하여 제법 진지한 이야기를 나누기도 하였다. 또 한편으로는 밤길에 장난도 많이 쳤는데, 막 사춘기에 접어들 무렵이라 우리의 장난은 주로 삼삼오오 짝을 지어 귀가하는 여학생들을 으슥한 밤길에서 귀신 흉내 따위로 놀라게 하거나 여러 가지 짓궂은 방법으로 그들을 괴롭히는 것이었다. 그 당시로서는 그렇게밖에는 이성에 대한 관심을 표현하는 방법이 없었다.

어쨌든 6학년 1년간은 정신적으로나 육체적으로 많이 성장한 기간이었다. 어떤 의미에서 내 모습의 기초공사는 상당 부분 이 시기에 이루어졌다고 보아야 할 것이다. 난생 처음으로 공부도 많이 하고 생각도 많이 했다. 그때의 생각들이 무엇에 관한 것이었는지는 지금 잘 기억이 나지 않지만, 그러나 그 당시로서는 나름대로 매우 심각했고 그것이 나의 인격 형성에도 많은 영향을 미쳤으리라 생각된다.

이렇게 나는 낙동강 주변을 맴도는 가운데 초등학교를 졸업하고 그와 함께 고향을 떠났으니 어언 까마득한 옛이야기가 되었다. 그렇게 긴 세월이 지났건만 고향은 언제나 무슨 희미한 옛사랑의 그림자처럼 내 안에 남아 진한 향수를 불러일으킨다. 늘 푸른 낙동강, 그 강물은 핏줄처럼 내 몸속을 흐르고 또 내 마음속에도 끊임없이 흐르고 있다.

— 향토문화의 사랑방《안동》, 1992.

새천년 단상(斷想)

우리가 고등학교에 다닐 때 국어교과서에서 프랑스의 인상주의 작가 알퐁스 도데의 「별」이라는 단편 소설을 읽고 감동을 받았던 기억을 가진 사람이 많을 것이다.

그 알퐁스 도데의 또 다른 작품 중에 「코르니유 영감의 비밀」이라는 단편 소설이 있다.

산업혁명의 영향으로 풍차 방앗간이 하나씩 둘씩 문을 닫을 때의 이야기다. 한때는 온 마을에 풍차가 신나게 돌아가고 백 리 사방에서 농부들이 밀을 빻으러 몰려오던 활기 넘치던 마을이 언제부터인가 파리에 증기 제분공장이 생기면서 풍차 방앗간이 사라지기 시작한다. 풍차의 바람개비가 돌지 않는 방앗간은 흉물처럼 변하고 마을은 점점 쓸쓸해져 간다.

그러나 유독 언덕 위에 있는 코르니유 영감의 방앗간만은 여전히 바람개비가 힘차게 돌아가고, 저녁이면 자루를 가득 실은 노새를 끌고 가는 영감을 만날 수 있다. 도대체 어디서 그런 일감을 계속 얻을 수 있느냐고 물으면 그는 활기찬 모습으로, 그러나 후딱 손가락을 입에다 갖다 대며 "쉿, 나는 수출을 하기 위해 일을 하는 거야." 하며 서둘러 떠나가 버리기 때문에 더 많은 것을 알아낼 수가 없었다.

그러던 어느 날 마을에서 기거하던 손녀딸이 결혼 승낙을 얻기 위해 애인과 함께 그 방앗간을 찾아간다. 평소에 사람들을 집에 들이지 않고 외출 시에는 언제나 문을 잠그고 다니던 영감이 그 날은 그만 방앗간으로 오르는 사닥다리를 밖에다 두고 외출하는 바람에 젊은이들은 사닥다리를 타고 창문을 통하여 방앗간 안을 들어가 본다. 그러나 밀 자루보다 돈 자루가 더 많을 것이라던 마을의 소문과는 달리 방앗간은 텅 비어 있고 거미줄투성이었다. 밖에서는 여전히 바람개비가 돌고 있지만 축은 오래전부터 멈추어 있는 듯 녹이 슬어 있었다. 저녁마다 노새에 실어 나르던 자루 속에는 벽에서 뜯어낸 흙과 횟가루가 가득 차 있었다.

마을로 내려간 두 젊은이에 의해 이러한 사연이 알려지고, 그 날 이후 코르니유 영감은 동정심 많은 마을 사람들로부터 일감을 얻어 세상을 떠날 때까지 풍차를 돌린다. 그의 생이 끝나는 날 그의 풍차도 함께 멈춘다.

산업 혁명기를 배경으로 한 이 단편소설이 정보화 혁명의 와중에 있는 요즈음 새삼스레 자주 생각나곤 한다.

고등학교 동문들의 모임인 경신회가 어느새 22주년을 맞았다. 적어도 경신회에 가입되어 있는 세대의 동문들이라면 컴퓨터의 등장과 함께 휘몰아치고 있는 이 변화에 익숙해지기에 다소간의 어려움을 겪고 있으리라 짐작된다. 어느 시대에나 새로운 문명과의 마찰이 있기 마련이지만 세월이 흐를수록 변화의 속도는 더욱 빨라만 지고 급기야 오늘날에는 숨을 고를 여유조차 허락하지 않는 것 같다.

연전에 어머님의 상을 당한 후 몇 가지 유품들을 정리하면서, 집에 그냥 두기에는 복잡하고 치워 버리기에는 죄송스러운 물건들이 있었다. 특히 수많은 사진첩들은 그 부피가 상당하여 부담이 되었다.

나는 평소 비교적 주변의 물건들을 제때에 정리하고 사는 편이지만, 내가 살아있는 동안 내 물건은 내 손으로 정리하여 자식 대에 가서는 그들이 죄스러움을 느끼지 않게 해야겠다고 다시 한 번 생각했다.

그럼에도 불구하고 아직까지도 과감히 버리지 못하고 소중히 간직하는 몇 가지 물건들이 있다. 학창 시절의 추억이 담긴 징표들이다.

우리 부부는 중·고등학교 시절을 같은 한 지역에서 같은 학년으로 보냈다. 또 대학도 같은 해에 서울로 왔던 연유로 동시대인들만이 가지는 공통된 정서가 있다. 그러다 보니 두 사람의 학교와 관련된 물건들은 아직도 집 안에 고스란히 보관되어 있다. 초등학교 때부터의 배지는 물론 교표, 교지, 편지, 카드 등등. 특히 아내는 그것들을 무슨 보석처럼 지니고 산다.

그러나 이것들은 어디까지나 우리 두 사람에게만 의미가 있을 뿐이다. 어느 날 우리가 떠난 후 아이가 그 물건들을 정리하게 되는 날을 예상하면서 미리미리 챙겨 나가야 되는 것이 아닐까.

얼마 전 업무 차 유럽에 다녀왔다. 여러 나라를 돌면서 기억에 남을 만한 곳에서 제법 많은 사진을 찍었다. 앨범으로 치면 서너 권 분량은 되었으리라. 그러나 이 여행에 수행했던 젊은 검사가 앨범 대신에 나에게 건네준 것은 자그마한 디스크 한 장이었다. 그 많은 사진을 한 곳에 넣은 디스크를 보고 다시 한 번 시대의 변화를 실감했다.

이제 물건이 많아 걱정스러운 날은 자연히 없어져 갈 것이다.

「코르니유 영감의 비밀」의 마지막은 이렇게 끝나고 있다.

"하는 수 없지 않은가? 이 세상만사는 어떤 것이나 끝이 있는 것이다. 론강의 나룻배나 프로방스 지방의 최고재판소나 커다란 꽃을 단 재킷의 시대가 지나갔듯이 풍차의 시대도 지나갔다고 생각할 수밖에 없다."

참으로 그렇다. 그 옛날 소풍 가서 찍어 온 작은 사진 몇 장을 앨범에 열심히 붙이고, 졸업 때면 사인지에 잉크를 뿌려 나뭇잎 음영을 만들고 거기에 멋있는 문구를 적어서 잊지 말자고 당부하며 주고받던 그 시대는 지나갔다.

이제 새로운 시대, 인터넷의 아이러브스쿨(iloveschool.co.kr)에서 동창생들의 소식을 알고, 디스크 한 장에 모든 사진을 넣어 간직하는 시대에 살고 있는 것이다.

앞으로 우리 자식들은 또 어떤 새로운 세상을 살게 될 것인가? 요란하게 시작된 새천년의 첫 해가 저무는 세모에 문득 생각해 본다.

— 경신회 회원광장, 2000.

　　　　머문 듯 가는 것이 세월인 것을

대부님에 대한
회상

우리들 가슴에 지울 길 없는 슬픔을 남긴 채 홀연히 세상을 떠나신 김경회 안드레아 님, 저는 생전에 그분을 저의 대부로 모셨습니다. 대부는 가톨릭교회에서 영세나 견진성사를 받는 사람이 교회법에 따라 그의 신앙생활을 보살펴주는 영적인 후견인으로 삼은 사람입니다. 그분은 생시에 검찰을 비롯한 여러 분야에서 여러 가지 중요한 직함을 가지셨던 분입니다. 그러나 예나 지금이나 저는 그분을 대부님이라고 부르기 좋아했습니다. 그만큼 저는 그분을 사랑하고 존경했습니다.

세상의 많은 사람들이 주위의 다른 사람들과 서로 옷깃을 스치면서 크고 작은 인연을 맺고 살아갑니다. 그러나 제가 대부님과 맺은 관계처럼 그렇게 길고도 깊은 인연은 흔치 않을 것입니다.

제가 대부님을 처음 만난 것은 1971년 겨울, 서울지검 영등포지청(지금의 서울 남부지방검찰청)에서였습니다. 그때 저는 고시 동기인 L 군과 함께 그 청에 시보로 발령을 받아 몇 달간 검찰 실무수습을 하게 되었는데, 그때 대부님께서 바로 영등포지청의 중견 검사로 재직하고 계셨던 것입니다. 처음 접해본 대부님은 기골이 장대하고 말수가 적은 데다가 심지가 굳게 보여 마치 옛날의 장수를 연상케 하는 인상이었습니다. 그러면서도 스포츠, 타자 등 다방면에 능하고 업무나 친교 면에서도 가히 지청의 중심역할을 하고 있다는 느낌을 받았습니다.

또, 바쁘신 가운데서도 우리 시보들에게 많은 관심을 기울여 주시고 격려를 아끼지 않았습니다. 한번은 우리 시보 두 사람을 데리고 영등포에 있는 어느 주점에서 술을 마시다가 통행금지 시간을 넘겨 할 수 없이 그 집 안방에서 세 사람이 함께 잠을 잔 일도 있었습니다. 그만큼 대부님은 성품이 소탈하고 격의가 없었습니다.

그 이듬해 4월 저는 시보를 마치고 초임 검사로 발령을 받게 되었습니다. 임명장을 받던 날 꿈에 부풀어 기쁘고도 가벼운 발걸음으로 광화문 정부청사 앞길을 걸어 나오다가 우연히 저만치에서 마주오시는 대부님과 조우하게 되었습니다. 그런데 대부님의 어깨가 무겁게 처져 있는 듯 보였습니다. 같은 날짜로 대부님은 광주지검 장흥지청으로 좌천이 되었던 것입니다. 당시 대부님이 어떤 사건을 수사하면서 상부의 뜻에 따르지 않고 소신을 주장하다가 노여움을 샀다는 소문이 돌고 있던 터였습니다.

그날 정부 청사 뒤쪽의 어느 다방에서 서로 희비가 엇갈린 가운데 차 한잔을 나누며 작별을 하던 장면이 지금도 눈에 선합니다.

그로부터 3년 뒤인 1975년, 제가 1년간 미국 유학을 마치고 돌아올 무렵 대부님은 법무부 검찰국의 수석 검사가 되셨고, 저도 그곳의 말석 검사로 발령 받아 같은 곳에서 근무하게 되었습니다.

대부님은 검찰국 10여 명 평검사의 맏형으로서 모든 후배들에게 따뜻한 정을 베풀어 주셨습니다. 그분의 책상 옆 손님 의자에는 수시로 후배 검사들이 찾아와 대화를 나누는 장면을 볼 수 있었고, 저도 그들 중 한 명이었습니다.

그 후 1981년 제가 서울지검 공안부 검사로 있던 중 대부님께서 공안부장으로 발령을 받아 오셨습니다. 처음으로 대부님을 직속상사로 모시게 된 것입니다. 그 당시는 대형 간첩사건도 적지 않았지만 학원가의 좌경화 현상이 본격화되기 시작할 무렵이어서 공안부 검사들이 이에 대처하느라 무척 바쁘던 시기였습니다.

당시 공안부 검사들은 대공전선의 선두에서 싸운다는 동지애적인 사명감으로, 부장을 중심으로 완전한 결속이 이루어져 있었습니다. 우리는 어느 누구를 막론하고 몸을 아끼지 않고 일했습니다. 또 퇴근 후에는 전체 부원들이 부장을 모시고 싸구려 민속주점에서 비분강개하며 술을 마시기도 했습니다. 대부님은 참으로 주량이 세서 후배들이 도저히 따르지 못할 정도였습니다. 그러면서도 술자리에서 자세가 흐트러지는 모습을 한 번도 보지 못하였습니다. 그 당시의 부장과 부원들은 20년이 지난 최근까지 자주 모임을 갖고 깊은 우정을 나누어 왔습니다.

그 후로도 저는 대부님을 두 번이나 더 상사로 모셨습니다. 대부님께서 대검 감찰부장으로 계셨을 때 저는 검찰 연구관으로, 그리고 대부님께서 서울지검 검사장으로 계셨을 때 저는 서울지검의 부장검사로 있었으니, 시보 시절까지 합하면 도합 다섯 번이나 대부님을 모신 셈입니다.

그러나 저에게는 이러한 공직생활에서의 인연보다 더 소중하고 귀한 인연이 있습니다. 그것은 이 글의 첫머리에서 말씀드린 바와 같이 그분이 저의 대부가 되신 일입니다. 우리 가족은 10년이 넘게 대부님과 같이 여의도의 아파트 단지에 살았습니다. 오래전부터 독실한 가톨릭 신자이시던 김경회 안드레아, 배은영 이레나 내외분은 1983년 같은 동네에서 살고 있던 몇 분을 설득하여 여의도 성당에서 예비자 교리를 받게 하고 계셨습니다. 두 분은 마침 일 년간의 시골 지청장 근무를 마치고 올라온 저에게도 여기에 합류하라고 하셨습니다. 저는 비록 그때까지 영세는 받지 않았지만 이미 성당에 나가고 있던 식구들을 따라 미사에는 자주 동행하곤 하던 터라 기꺼이 이 권고를 받아들였습니다.

마침 그 무렵 대부님께서는 운동을 하다가 다리를 다쳐 깁스를 하고 목발을 짚고 다니셨습니다. 그러면서도 저희들 교리공부 시간에는 빠짐없이 동행해 주셨습니다. 참으로 지극한 정성이었습니다.

교리반이 끝나는 마지막 날 밤, 우리 다섯 사람의 대부를 서기 위하여 교리실 한쪽에 임시로 흰 천을 가려서 마련한 고해소에서 대부님은 신부님께 엄숙하게 고해성사를 하셨습니다. 그 장면을 지금도 잊을 수 없습니다.

영세를 받은 후 대부님 내외분을 함께 대부모로 모신 우리 대자, 대녀들은 여러 해 동안 정기적으로 신앙과 친교의 모임을 가져왔습니다.

대부님께서는 1993년 부산고검장을 끝으로 많은 사람들의 아쉬움 속에 검찰을 떠나셨습니다. 그러나 퇴임 후에도 변호사로서, 또 한국형사정책연구원장으로서 왕성한 활동을 계속하셨습니다.

제가 대부님의 몸에 심각한 이상이 생긴 것을 확실히 안 것은 제가 법무부 차관으로 일하던 2001년 초였습니다. 점심이나 한번 모시려고 형사정책연구원으로 찾아뵈었을 때 대부님은 난데없이 머리에 가발을 쓰고 계셨고 놀랄 만큼 수척해 보였습니다. 그제야 대부님께서는 그 전년에 수술을 했다는 것과 그 후 항암치료를 받고 있지만 지금도 건강이 온전하지 못하다는 사실을 담담히 말씀하셨습니다. 대부님께서는 이 일을 아무에게도 알리지 않고 혼자서 감당해내고 계신 중이었습니다.

그날 양재동 교육문화회관에 있는 일식집에서 점심을 하면서 대부님은 관직이나 명예 따위의 덧없음에 관하여 길게 말씀하셨습니다.

하지만 저는 대부님께서 평소 워낙 건강하던 분이라 언젠가는 병마를 털고 일어나시리라 믿고 있었습니다.

그러던 어느 날 갑자기 저에게 연락이 왔습니다. 대부님께서 서울대학병원에 입원 중이신데 저를 좀 만나고 싶어 하신다는 것이었습니다. 집사람과 함께 급히 병원으로 갔을 때 대부님의 상황은 생각했던 것보다 훨씬 더 악화되어 있었습니다. 얼굴에는 이미 돌이키기 어려운 어두운 그림자가 짙게 드리워져 있었습니다. 당신 스스로도 이미 종말을 예견하고 계신 듯 힘들게, 그러나 담담히 몇 가지 부탁을 하셨습니다. 발병하고 나서부터 틈틈이 일생을 정리한 회고록을 써둔 것이 있는데 그 출판 문제를 알아봐달라는 것이었습니다. 이것이 제가 만난 대부님의 마지막 모습이었습니다.

그로부터 2주일 후 대부님께서는 가족들의 간절한 기도 속에 62년간의 생을 조용히 마치셨습니다. 화장을 하여 한줌의 재로 돌아가신 대부님을 용인 천주교 묘지에 안장하고 돌아오는 우리 모두의 가슴에는 허허로운 바람이 스쳐 지나갔습니다.

그러나 우리는 모두 잘 알고 있습니다. 이 세상에서의 그분의 생애는 길지 못했지만, 정의에 대한 그분의 확고한 소신과 그분이 남기신 크고 뚜렷한 발자취는 오래오래 남아 있으리라는 것을.

그리고 지금은 그분의 묘비에 새겨진 말씀처럼 '영원한 자유인'이
되어 이승에서의 근심 걱정을 모두 털어버리고 기쁨이 충만한 하느
님 나라에서 영원한 생명을 누리시리라는 것을.

— 김경회 회고록『나 이제 자유인이 되어』에 실린 글, 2002.

백담사 추억

— 내가 좋아하는 만해 詩 한 편

밤은 고요하고

만해 한용운

밤은 고요하고 방은 물로 시친 듯합니다.

이불은 개인 채로 옆에 놓아두고 화롯불을 다듬거리고 앉았습니다.

밤은 얼마나 되었는지 화롯불은 꺼져서 찬 재가 되었습니다.

그러나 그를 사랑하는 나의 마음은 오히려 식지 아니하였습니다.

닭의 소리가 채 나기 전에 그를 만나서 무슨 말을 하였는데 꿈조차 분명치 않습니다그려.

30년 전 내가 백담사를 처음 찾았을 때 그곳은 사람의 왕래조차 드물고 세간에 잘 알려지지도 않은 자그마한 산사(山寺)였다.

대학 시절을 내 나름의 어설픈 낭만 속에서 허송하다시피 보내고 졸업 후에야 뒤늦게 고시 준비를 한답시고 부산을 떨며 공부할 장소를 찾던 중에, 먼저 다녀온 친구의 소개를 받아 찾아간 곳이 백담사 개울 바로 건너편에 있던 강 씨 노인의 집이었다.

서울에서 버스로 비포장도로를 아홉 시간 가량 달리고 다시 아름다운 백담계곡을 따라 한 시간여를 걸어서 다다른 백담사는 참으로 고즈넉한 모습이었다.

그곳에 반년여를 머물면서 엄습하는 무료감도 달랠 겸 점심 식사 후에는 거의 매일 백담사에 건너가 스님들이나 아니면 무슨 죄를 짓고 세상을 피해 살고 있는 듯한 젊은 부목(負木)과 많은 대화를 나누었다. 그러던 어느 날 그 젊은 부목이 느닷없이 말했다.

"이 절에서 만해 선생이 「님의 침묵」을 썼습니다."

그 말을 듣는 순간, 그때까지만 해도 그저 조그만 산사로만 생각했던 백담사가 큰 무게와 새로운 의미로 나에게 다가옴을 느꼈다. 그것은 청소년 시절을 통하여 나 자신 한 사람의 시인 지망생이었고, 그 시절 수도 없이 읽고 외우고 했던 여러 권의 시집 가운데 50년대에 간행된 것으로 기억되는 한용운의 시집 『님의 침묵』이 집에 있었는데, 거기에 수록된 「알 수 없어요」, 「님의 침묵」, 「나룻배와 행인」, 「두견새」를 비롯한 팔십여 편의 주옥같은 시들이 쓰인 곳이 바로 백담사였다는 사실을 그때서야 처음 알게 된 때문이었다. 더구나 만해는 시인으로서뿐만 아니라 민족사상가 내지 독립운동가로서의 비중이 보태어져 나에게는 가히 경외의 대상이 되어 있었다.

여기에 소개하는 「밤은 고요하고」라는 시는 그때 내가 머물던 백담사의 그야말로 "고요하고 물로 시친 듯한" 분위기와 맞아떨어지면서 저리도록 가슴에 와닿아 그 무렵부터 새삼스레 자주 애송하는 시가 되었다.

지난 가을, 30여 년 만에 처음으로 다시 찾은 백담사는 옛 모습과 크게 달라져 있었다. 법당과 그 양편의 요사채는 그대로 있었으나 그 주위에 아름드리 기둥의 웅장한 새 건물들이 들어서 있었다. 이름하여 만해 교육관, 만해 기념관이라 했다. 절 마당에 「나룻배와 행인」을 새긴 만해 시비도 세워져 있고 만해의 시집을 비롯한 관련 서적 판매소 등, 가히 만해의 절이라 일컬어 틀리지 않았다. 그 옛날 한 민족시인이 산사의 승방에 머물렀다는 작은 인연이 오늘날 이토록 무거운 모습으로 되살아난 것이다.

백담사는 한때 비운의 전직 대통령이 체류하면서 세상에 유명해진 데다가 내가 갔을 때가 마침 단풍철이라 등산객이 인산인해를 이루어 예의 "고요하고 물로 시친 듯한" 분위기는 찾아볼 길이 없었다. 내가 기거하던 절 건너편의 강 씨 노인 집은 흔적조차 없어지고 대신 그곳에 수목이 무성하게 자라고 있었다.

참으로 30년은 짧지 않은 세월이었다.

백담사의 모습뿐만 아니라 그때 대학을 갓 졸업한 꽃다운 청년이었던 나 자신의 모습도 지금 얼마나 달라져 있는가. 그처럼 세월은 사람도 변하게 하고, 자연도 변하게 하고, 태고의 정적과 물소리조차 변하게 한다. 만해가 「님의 침묵」을 썼던 작은 승방도, 그리고 내가 오랫동안 간직하고 있었던 50년대의 낡은 시집 『님의 침묵』도 이제는 되찾을 길 없으니, 변전하는 만물을 그냥 흘러가는 대로 놓아두는 수밖에 달리 무슨 길이 있으랴.

—《만해새얼》 신년호, 1998.

돌아가는 길에

나이를 먹으니 자꾸만 무릎이 시리고 가슴도 시리다. 어떻게 하면 이 겨울을 좀 더 따뜻하게 보낼 수 있을까.

얼마 전 참으로 오랜만에 고등학교 동창 임원회에 참석했다. 강남의 한 음식점에서 열린 모임에는 줄잡아 삼사십 명의 낯익은 친구들이 자리를 같이했다. 너나없이 성글고 흰 머리카락, 세월의 풍파가 여지없이 스치고 간 얼굴들을 맞대고 소주잔을 부딪쳐 보지만 모두들 형편없이 술이 약해져 있었다.

이래저래 옛 모습을 찾아보기 어려운 가운데서도, 이 모임에 딱 한 가지 변하지 않는 것이 있다. 그것은 동창 모임이 주는 독특한 분위기이다. 모두들 체면치레나 가식 따위를 순식간에 벗어던지고 짙은 사투리와 어린 시절의 육두문자를 원색적으로 구사하면서 큰 소리로 말하고 큰 소리로 웃고, 때로는 사소한 일로도 큰 소리로 언쟁한다. 한바탕 마당극과도 같은 와자지껄한 분위기, 이것은 10년 전에도 그러했고 20년 전에도 그러했고, 그보다 훨씬 더 거슬러 올라가 학창 시절에도 기실 마찬가지였다. 마음껏 떠들고 주먹질하고 잉크를 엎지르고 종이비행기를 접어 날리던 쉬는 시간의 교실 모습.

그렇다. 모두들 고달픈 세상의 바람결에 시달리다가도 한순간에 이루 말할 수 없는 해방감을 맛보는 곳이 바로 동창 모임이다. 그래서 동창 모임은 편안하다. 나이 먹을수록 동창 모임이 잘 되어나가는 이유도 이런 데에 있다.

그날 두어 시간에 걸친 모임을 파하고 돌아가는 길에는 찬바람이 심하게 불었다. 여럿이 떠들다가 헤어지는 귀로는 대개 허전하고 쓸쓸한 법이다. 그러지 않아도 도처에서 느끼는 피할 길 없는 외로움, 그것은 나이가 들수록 더 깊어지기 마련이다. 그 너머를 도저히 가늠할 수 없는 한계상황 쪽으로 한 걸음 한 걸음 더 접근해 가고 있기 때문일까. 시인 김재진의 「누구나 혼자이지 않은 사람은 없다」라는 제목의 시가 생각났다.

> 믿었던 사람의 등을 보거나
> 사랑하는 이의 무관심에 다친 마음 펴지지 않을 때
> 섭섭함 버리고 이 말을 생각해보라.
> ― 누구나 혼자이지 않은 사람은 없다.

(…)

겨울을 뚫고 핀 개나리의 샛노랑이 우리 눈을 끌듯

한때의 초록이 들판을 물들이듯

그렇듯 순간일 뿐

청춘이 영원하지 않은 것처럼

그 무엇도 완전히 함께 있을 수 있는 것이란 없다.

함께 한다는 건 이해한다는 말

그러나 누가 나를 온전히 이해할 수 있는가.

(…)

정말 그렇다. 시인의 말처럼 이 세상에서 누가 나를 온전히 이해할 수 있으며, 마침내 혼자이지 않은 사람이 누가 있겠는가. 이를 벗어나 보려고 세상사에서 그 돌파구를 찾으려는 시도는 필경 헛된 수고로 돌아가고 말 것이다. 어디엔가, 섭리가 지배하는 우리의 궁극적인 목적지는 따로 있을 터. 이 세상은 그곳에 이르기 위하여 경유하는 한 간이역에 불과하지 않을까.

이런 것을 받아들일 때, 우리는 끝없는 고독과 회한, 갈등과 공포 따위에서 벗어날 수 있을 것이다. 또 그래야만 일상에서 우리에게 허여된 지극히 사소한 기쁨과 위안 따위에 대하여도 진정으로 감동하고 감사의 염을 느낄 수 있을 것이다.

어린 시절의 순수함과 편안함을 회복시켜 주고 순간순간 기쁨을 주는 동창 모임을 고맙게 여기면서 이를 소중히 여기고 잘 가꾸어 나가고자 하는 마음도 바로 이런 데서 우러나올 수 있으리라 생각 해 본다.

— 경북중고등학교 총동창회보《경맥》, 2006. 4. 15.

떠나서 생각한다
— 검찰에 남은 후배들에게

1. 「나의 10가지 기도」

제가 법무·검찰을 떠난 지 일 년이 되었습니다.

옆도 뒤도 돌아보지 않고 달려온 외길 30년, 그 기나긴 세월을 별다른 풍파 없이 마감할 수 있었던 것을 저는 모든 분들에게 감사하고 있습니다.

그 30년의 기간 중 특이하게도 법무부 본부에서 근무한 것이 검사로 5년, 과장으로 5년, 실국장으로 2년, 차관으로 2년 등 도합 14년 가까이나 됩니다. 아마도 법무부 근무로서는 최장기 기록이 될 것이고 이 기록은 앞으로도 쉽게 깨어지기 어려우리라 생각됩니다.

그와 같은 각별한 인연으로 해서 저는 법무부에 대하여 남다른 관심과 애정을 가지고 있습니다. 퇴임 후에도 간혹 과천 청사 앞을 지날 때에는 관악산을 배경으로 한 그 모습이 마치 내 집처럼 한없이 아름답고 정겹게 다가오곤 합니다. 《부내회보》에 이 글을 써달라는 요청을 거절하지 못한 것도 같은 이유에서입니다.

우리가 언젠가 이 세상을 떠날 날에 대하여 별로 실감하지 못하면서 살아가듯이, 저는 법무·검찰에 그토록 오래 몸담고 있으면서도 언젠가 그곳을 떠날 날에 대하여 그다지 깊이 생각해보지 않았었습니다.

그런데 그날은 예고도 없이 어느 날 느닷없이 다가왔습니다.

제가 서울고검장으로 근무하던 작년 1월, 당시 검찰총장이 임기 전에 돌연히 사퇴하고 그 후임에 재야에 있던 저의 동기생이 임명된 것입니다.

저녁 뉴스 시간에 이 소식을 접하고 저는 한동안 정신적 혼란 상태를 겪었지만 마침내 물러날 때가 왔다는 사실을 깨달았습니다. 바로 사무실에 전화를 걸어 그 익일 오전 중 퇴임식 준비를 부탁하였습니다.

떠날 때는 말없이 떠나야 한다고 합니다. 더구나 총수도 아니고 일개 고검장에 불과한 사람이 떠나면서 무슨 할 말이 있겠습니까마는, 그래도 오랜 검사생활을 끝내면서 후배들에게 작은 도움이 되는 진솔한 이야기라도 남기는 것이 도리라고 생각했습니다.

그래서 자정 무렵부터 퇴임사를 쓰기 시작했습니다.

마침 집에 빈 종이가 없어 무슨 유인물의 이면지에 연필로 초안을 완성한 것은 새벽녘이었습니다. 아침에 이 초안을 미처 정리하여 타자할 시간이 없어 이리 고치고 저리 지우고 한 초안 원고를 퇴임식 석상에서 그대로 읽은 후 연설대에 남겨 놓은 채 청사를 떠났는데, 어느 언론사에서 이를 인터넷에 올리는 바람에 그것이 도하 신문에 자그마한 화젯거리로 등장하기도 하였습니다.

집에 돌아오니 좀 막막한 기분이 들었습니다. 갑자기 정해진 항로를 벗어난 조종사의 심정과 같다고나 할까요.

제일 먼저 떠오른 분이 제가 평소 가장 존경해 오던 김수환 추기경님이었습니다. 사제관으로 그 분을 찾아뵙고 긴 대화를 나누었습니다. 이제 좀 자유로운 처지가 되었으니 무엇인가 가정과 사회에 봉사하는 삶을 살아가라는 말씀을 가슴에 새겼습니다.

그길로 인천 계양산 기슭에 있는 가르멜 수도원을 찾아가 별관에 있는 작은 방 한 칸을 빌려 혼자서 일주일을 지냈습니다.

머리에 떠오르는 여러 가지 감회를 달래면서 30년간의 공직생활을 비롯한 지난날을 되돌아보았습니다. 그리고 지금부터 어떠한 자세와 어떠한 방식으로 살아갈 것인가라는 문제도 곰곰이 생각해 보았습니다.

시간이 지나면서 혼돈스럽던 머리가 다소 차분해지고 무언가 좀 정리가 되는 것 같았습니다.

마지막 날 밤, 지난 일주일간 나름대로 골똘히 생각하여 내린 결론을 요약하여 대학노트 3페이지 정도 되는 기도문을 만들었습니다. 이름하여 「나의 10가지 기도」. 앞으로의 삶에 꼭 이루어졌으면 하고 바라는 10가지 간구를 적은 것입니다. 이를테면 맑은 영혼으로 여생을 보내게 해달라는 것, 모자라고 꽉 차지 않더라도 스스로 만족하게 해달라는 것, 큰 어려움을 당할 때 그 안에 있는 깊은 뜻을 헤아릴 수 있게 해달라는 것, 매사에 겸손하고 성내지 않게 해달라는 것, 고독한 시간을 잘 이겨나갈 수 있게 해달라는 것, 아름다운 끝 날을 예비하게 해달라는 것이고, 그 밖에 몇 가지는 종교적인 내용입니다.

저는 요즈음도 자주 이 기도를 드리면서 마음을 가다듬습니다. 그런 의미에서 수도원에서 보낸 그 일주일간의 묵상이 헛되지 않았음을 고맙게 생각하고 있습니다.

2. 떠난 자의 욕심 또는 소망

검찰이 모든 것인 양 여기고 살던 제가 검찰을 떠난 후 시간이 지나면서 깨달은 것은 검찰의 밖에도 넓은 세상이 있다는 사실입니다. 그리고 또 한 가지, 그 바깥세상 사람들의 검찰에 대한 신뢰도가 안에서 생각했던 것보다 훨씬 더 저조하다는 점입니다.

물론 그러한 부정적 평가는 때로는 언론이나 일반의 편파적 시각 또는 오해에서 생긴 경우가 상당수 있습니다. 또는 이를테면 한두 사람의 부분적인 잘못을 마치 검찰 전체가 그러한 양 확대해석해 버리는 예도 없지 않습니다.

그러나 설사 그러한 경우에도 억울하게 생각하고만 있어서는 안 됩니다. 오해에는 반드시 그 원인이 있고, 일부의 잘못도 분명한 잘못이므로 이러한 오해와 잘못에 대하여는 검찰 전체가 나서서 이를 방지하지 않으면 안 되기 때문입니다. 그런 의미에서 우리 검찰인 모두는 연대 책임자라는 점을 잊어서는 안 됩니다.

이러한 견지에서, 제가 검찰을 떠나 있으면서 검찰에 대하여 가지는 소망이라 할까 욕심이라 할까, 몇 가지를 적어보고자 합니다.

첫째로, 검찰인은 누구나 '원칙과 정도'를 지킨다는 신념에 차 있어야 합니다.

'원칙과 정도'는 우리가 매사를 바르게 처리할 수 있는 잣대와 같은 것입니다. 일정하지 못한 잣대로 무언가를 재단한다는 것이 얼마나 허황되고 위험한 일이겠습니까.

여러 주체나 집단 간의 이해나 요구가 첨예하게 대립하면 할수록, 그리하여 어느 쪽으로 결론 내리기가 어려우면 어려울수록, 우리가 의지해야 할 잣대는 '원칙과 정도'입니다. 검찰이 지난날 국민들로부터 호되게 지탄을 받은 몇몇 사건들도 기실 따지고 보면 그 처리에 '원칙과 정도'를 벗어났기 때문입니다.

반대로 '원칙과 정도'를 지키자면 당장은 고난이 따를 수도 있고 따라서 큰 용기가 필요한 경우도 있지만, 그렇게 해야만 문제가 근원적으로 해결됩니다. 그리고 시간이 흐를수록 역시 잘했구나 하는 생각이 들게 될 것입니다. 요즈음 한창 대두되고 있는 여러 방면의 검찰개혁 논의도 따지고 보면 모두가 검찰이 어떻게 하면 이 '원칙과 정도'를 회복할 수 있을 것인가에 대한 고민의 발로에 다름 아닌 것입니다.

둘째로, 검찰의 가장 큰 존재 목적의 하나는 국민들의 '인간으로서의 존엄과 가치'를 지켜주는 일임을 잊지 말았으면 합니다.

물론 '실체적 진실의 발견'도 그에 못지않게 매우 중요한 사명이기는 합니다. 그러나 특정인에 대한 '인간으로서의 존엄과 가치'가 무너지는 가운데 얻어지는 실체적 진실은 허무 그 자체입니다. 우리는 이러한 실례를 지난번 불행한 사건에서 생생히 보았습니다.

그와 같은 사건은 매우 이례적이고 극단적인 사례에 불과하지만, 그 밖에도 그러한 실례는 얼마든지 있습니다. 이를테면, 제가 재야에 나온 후 간혹 검찰에 불려간 사람들이 직원들의 폭행이나 폭언으로 심한 인간적 모멸감을 느끼고 돌아와 이를 호소하는 것을 듣게 됩니다. 우리 모두의 숙고가 요구되는 대목이라 하겠습니다.

셋째로, 오늘날 우리 검찰의 상하관계에 대하여 한번 심각히 살펴볼 필요가 있는 것 같습니다.

일각의 비판에도 불구하고 상명하복은 검찰의 본질적인 요소입니다. 상명하복이라는 용어가 너무 고식적으로 들린다면 상경하애

(上敬下愛)라 해도 좋을 것입니다.

요사이 젊은 검사들 가운데는 업무처리에 대한 상사의 관여를 싫어하고 지나치게 자기 의견만을 고집하는 경향이 없지 않은 듯합니다. 또 상사들도 되도록 검사들의 주문 결정을 비롯한 업무의 실질적 내용에는 관여하지 않고 자구를 비롯한 형식적 사항이나 고쳐주는 것이 미덕인 양 생각하는 경우가 있는 듯합니다.

물론 젊은 검사들의 예리한 감각이나 신선한 아이디어, 정의감 같은 것은 존중되어야 합니다. 그러나 그들은 아직 경험과 경륜이 모자랍니다. 상사의 감독과 결재는 이런 점을 보완하는 데 그 취지가 있습니다.

축구경기에 비유할 때 검찰의 각급 상사는 심판이나 관객의 입장이 아니라 감독과 같은 역할을 하여야 합니다. 마치 히딩크처럼 온갖 열정과 지혜를 다해 게임을 바람직한 최선의 방향으로 이끌어가야 할 책무를 지고 있습니다. 소속원에 대한 지휘봉을 놓아버리거나 나아가 만의 하나라도 부하들의 인기에 영합하려고 해서는 안 됩니다. 물론 그 지휘봉은 아무런 사심 없이, 앞서 말씀드린 '원칙과 정도'에 따라 행사되어야 하겠지요.

한편 부하들도 상사의 그러한 경륜을 최대한 존중하고, 열린 마음으로 이를 받아들이는 자세가 필요할 것입니다.

끝으로, 검찰에 지역감정이나 연고주의는 반드시 제거되어야 한다는 점을 말씀드리지 않을 수 없습니다.

지역감정이나 연고주의는 우리나라의 거의 모든 분야에서 망국적 병폐로 지목되고 있습니다만, 최소한도 검찰에서만은 이러한 것이 사라져야 합니다. 왜냐하면 검찰은 공평무사를 그 생명으로 하고 있기 때문입니다.

물론 같은 지방이나 같은 학교 출신들 간에는 정서적으로 서로 남다른 친근감을 느끼게 되는 것은 자연스러운 현상입니다. 그러나 그것은 사적인 관계에 한정되어야 합니다. 공적인 인사나 업무처리에까지 이것이 개입되어서는 안 됩니다.

미국의 한 개 주보다 좁은 이 나라에서 나는 어느 지방 출신이다, 나는 어느 학교를 나왔다, 하는 것이 무엇이 그리 중요하겠습니까. 인품과 덕망, 실력과 적성이 기준이 되지 못하고, 극히 우발적이고 비본질적인 연고 따위가 인사나 업무처리를 좌지우지한다면 검찰의 신뢰는 결코 회복될 수 없을 것입니다.

이상에서 여러모로 부족한 제가 검찰을 떠난 후 재야에서 느낀 몇 가지를 말씀드렸습니다만, 그럼에도 불구하고 검찰은 우리나라에서 가장 훌륭한 조직이라는 믿음에는 추호도 변함이 없습니다.

검찰은 그 어느 조직보다 우수하고 깨끗한 사람들이 모인 엘리트 집단입니다. 또 검찰은 그 어느 조직보다 잘 단결되고 사명감에 불타며 투철한 '조직정신'을 가지고 있습니다. 우리는 이러한 점에서 무한한 긍지를 가져도 좋을 것입니다.

따라서 과거에 있었던 몇 가지 불행한 사건에 대하여는 뼈를 깎는 반성을 해야겠지만, 그러나 이것 때문에 스스로를 자학하거나 위축될 필요는 없습니다. 누가 뭐라 해도 검찰은 국가 사회에 없어서는 안 될 가장 중요한 기관이고, 국민의 여망과 기대가 가장 큰 기관도 검찰이라는 점은 부인할 수 없는 사실입니다.

마침 새봄이 다가오고, 새 정부 출범도 목전에 두고 있습니다. 우리 모든 법무·검찰인의 심기일전과 가일층 분발이 절실히 요청되는 때입니다.

한산대첩 직후 선조대왕이 이순신 장군에게 내린 교서 중에 있는 구절을 인용하면서 두서없는 글을 끝맺고자 합니다.

"아아, 백 리를 가는 자는 구십 리로 반을 삼는 법이니, 그대는 끝까지 힘써 달라."

— 법무부《部內回報》, 2003. 1. 31.

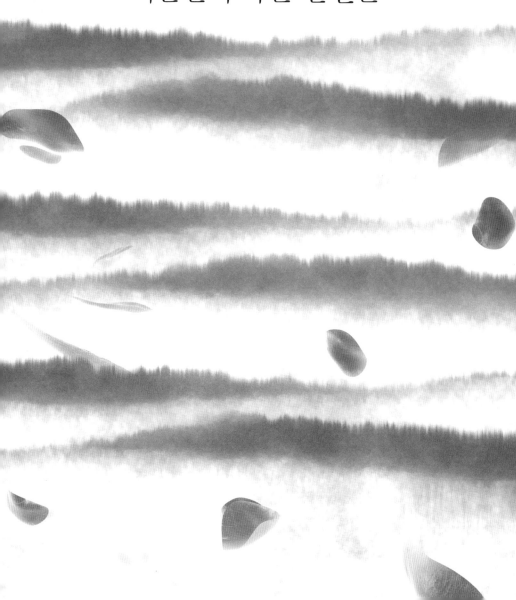

제2부

지난날의 작은 발언들

민심에 길이 있다

20세기 미국 대통령 가운데 국민과 가장 친근했고 또 전폭적인 지지를 받은 인물은 프랭클린 루스벨트였다. 대공황으로 나라가 풍전등화의 위기에 처했을 때 그는 집권했다. "우리가 가장 두려워해야 할 것은 두려움 그 자체"라고 취임연설을 한 다음 날부터 100일 동안 계속 각료회의를 열고 경제회생을 위해 유명한 뉴딜정책을 펴 나갔다. 동시에, 국가적 위기의 극복을 위해서는 민심의 확보가 제일의 과제라는 신념 아래 그는 매주 노변정담(爐邊情談)식 방송연설을 통해 고통 받고 있는 국민을 위로하는 한편 경제상황을 솔직하게 알리고 정부의 대책을 설명하며 협조를 호소했다.

그의 끈질긴 노력은 절망 속에서 꿈쩍 않던 민심을 움직였다. 국민은 점차 그의 말과 행동에 신뢰를 보내면서 경제 살리기에 팔을 걷어붙이고 나섰고 미국 경제는 마침내 소생했다. 전무후무하게 네 번째 임기를 시작한 지 한 달 만인 1945년 4월 그가 서거하자 온 국민은 마치 부모를 잃은 듯 슬퍼했다. 그는 국민의 마음을 얻고 있었던 것이다.

지난해 12월 노무현 대통령이 이라크의 자이툰 부대를 전격 방문, 장병들과 얼싸안고 눈물을 흘렸을 때 많은 국민은 모처럼 아낌없는 박수를 보냈다. 그러나 이때 말고는 지난해 국민이 감동의 박수를 보낸 일은 별로 떠오르지 않는다. 오히려 탄핵이다, 천도(遷都)다, 과거사 규명이다, 하며 고달픈 서민들의 생활과는 거리가 먼 주제들이 지상을 뒤덮은 한 해였다. A의 색깔이 붉으냐 희냐, B가 진보세력이냐 수구꼴통이냐, 심지어는 C의원의 선조가 독립투사냐 친일분자냐, 이런 문제로 서로에게 손가락질을 해대는 소위 '당동벌이(黨同伐異)'는 계속되었고, 그 끝은 모두에게 상처만 남겼다. 성장이냐 분배냐의 논쟁은 그 어느 때보다 격렬했지만 성장도 분배도 모두 뒷걸음질만 쳤다.

왜 이렇게 되었을까? 한마디로 위정자들이 민심 읽기와 민심 받들기를 소홀히 했기 때문이다. 국정의 추진이 탄력을 받으려면 먼저 민심이 편을 들어주어야 한다. 개혁은 더욱 그러하다. 개혁이 성공하려면 그 내용의 정당성과 필요성만으로는 부족하고 국민의 공감과 지지가 이를 받쳐 주어야 한다. 실상 지난해 온 국민이 가슴을 끓이던 경제문제와 민생문제를 제쳐두고 위정자들은 왜 4대 법안에 그토록 목을 맸는지, 특히 국가보안법은 왜 즉각적으로 그리고 완전히 폐지되어야 하는지, 신문의 시장점유율은 왜 독자의 선택이 아니라 법으로 규제되어야 하는지, 인류역사가 근절시키지 못했던 성매매 행위를 몇 개의 처벌법규로 틀어막을 수 있는 것인지, 왜 특정 세금은 단번에 몇 배씩 올려야 하는지 등등에 관해 과연 국민에게 얼마나 설득하는 노력을 했는지 묻고 싶다.

민심이 무엇인가. 백성들의 마음의 흐름이다. 도도히 흐르는 강물처럼 막으려 해도 잘 막아지지 않고 돌리려 해도 잘 돌려지지 않으며, 잘못 건드리다가는 걷잡지 못하게 되는 것이 민심이다. 연초 교육부총리 임명 시 비리문제로 대학 총장에서 물러난 전력이 있고 부도덕성과 의혹이 속속 드러나고 있는 사람을 "개혁의 적임자", "집한 채밖에 없는 청렴한 분" 운운하며 감싸기에 급급했을 때 민심은 얼마나 분노했던가.

노 대통령은 지난주 연두회견에서 올해를 "선진 한국의 출발점"으로 선포하고 장단기의 청사진을 밝히는 한편 경제 살리기에 총력을 기울이겠다고 천명했다. 반가운 이야기다. 우리는 이러한 천명이 화려한 수사(修辭)로 그치지 않기를 바란다. 그러기 위해서는 여기서도 대통령과 내각이 확실한 계획과 실천방안을 가지고 온몸을 던짐으로써 국민이 진심으로 그들을 믿고 따르도록 하는 것이 무엇보다 중요하다. 결론적으로, 민심을 얻고 민심을 받드는 길은 다음 세 가지로 압축된다.

먼저, 그 시대에 국민이 가장 원하는 선결과제가 무엇인가를 확인하고 여기에 국정의 최우선 순위를 두어야 한다. 지금으로서는 당연히 경제 살리기와 민생안정이다. 둘째, 특정한 국정현안의 처리 방향은 목소리 큰 몇몇보다 말 없는 다수가 바라는 쪽으로 잡아야 한다. 이것이 국민통합에 접근하는 가장 확실한 길이다. 셋째, 민심을 분명하게 파악할 수 있는 장치가 완비돼 있어야 하고, 국민에게 나라의 일을 진솔하게 알리는 일에도 소홀함이 없어야 한다.

해가 바뀌었다. 연초는 누구나 새로운 희망을 이야기하는 시기다. 우리는 그 희망의 씨앗을 민심 가운데에서 찾을 수 있을 것이다.

—《중앙일보》, 2005. 1. 19.

국가보안법이
불편한 사람들

2월 국회에서 국가보안법의 운명이 판가름 날 전망이다.

8·15 해방 직후는 물론 1948년 정부 수립 때까지도 보안법 같은 것을 생각하는 사람은 아무도 없었다. 일제가 패망하고 연합국이 버티고 있어 그런 법의 필요성을 느끼지 못했다. 하지만 건국 2개월 뒤 좌익이 여순반란사건*을 일으키면서 상황은 달라졌다. 공산당의 국가 전복 기도를 막는 장치가 필요하다는 공론이 일어났고, 일제 때 치안유지법의 악몽이 낳은 일부 반대가 있었으나 마침내 보안법은 제정·공포되었다. 이처럼 보안법의 산파 역할은 북한과 남한의 공산세력이 한 셈이다. 그 뒤 한국전쟁을 거쳐 지금까지 갖가지 우여곡절에도 불구하고 보안법은 군과 함께 우리의 자유민주주의 국체를 지켜 온 두 개의 축이었다. 그중 어느 하나라도 없었

---

* '여수 순천 십일구(10·19) 사건'으로 개칭되었음.

다면 오늘날의 대한민국도 없었을 것이다.

특히 80-90년대에 학원을 비롯한 사회 일각이 친북 좌경화의 길을 걸었을 때 보안법은 전면에 크게 부각되었다. 보안법 법정은 체제 변혁의 집념을 숨김없이 표출한 젊은이들과, 체제 수호의 사명감에 찬 젊은 공안검사들의 치열한 격전장이 되곤 했다.

그러던 것이 언제부턴가 공안검사들은 권력의 시녀인 양 매도되기 시작했고, 반면 그때의 피고인들은 민주투사로 대접받고 최근에는 권력의 핵심에까지 진출했다. 보안법 옹호론자는 수구냉전 세력으로, 폐지론자는 개혁세력으로 분류되기도 했다. 우리의 대통령마저 "보안법 같은 낡은 유물은 칼집에 넣어 박물관에 보내야" 한다고 공언했다.

보안법 폐지론자들의 첫 번째 논거는 이 법이 정권 유지와 민주화투쟁의 억압수단으로 남용되고 그 과정에서 적지 않은 인권유린이 있었다는 것이다. 과거 법 집행 과정에서 그러한 사례가 분명 있었다. 고 박종철 씨나 권인숙 씨 등은 대표적인 희생자들이다. 지난날의 공안기관들은 이런 일을 진심으로 통회(痛悔)해야 한다. 그러나 이는 어디까지나 일부 예외적인 현상이었을 뿐 전체를 그렇게 보는 것은 사실 왜곡이다. 보안법은 그동안 여러 차례 개정으로 그러한 남용의 소지를 시정하여 왔지만, 만의 하나 아직도 불완전한 요소가 남아 있다면 그 부분을 고치도록 해야지, 법 자체를 없애버릴 일은 아니다.

더구나 우리의 민주화와 인권상황은 과거와 확연히 달라졌다. 올해 초 미국의 인권단체인 '프리덤하우스'는 한국의 정치적 자유를 7등급 중 1등급, 시민적 자유는 2등급의 인권 선진국으로 평가했다. 인권 때문에 보안법을 폐지하자는 주장은 더 이상 설득력이 없다.

이 법이 남북의 화해와 교류협력을 저해하고 나아가 평화통일에 장애가 된다는 주장 또한 옳지 않다. 화해와 협력은 일방적으로 되는 일이 아니다. 북한의 노동당 규약은 변함없이 "당의 최고 목표는 한반도의 공산화"라고 선언하고 있고, 지난해 4월 그들의 형법 개정으로 사상범 처벌을 강화한 바 있다. 생사가 달린 북핵문제는 어느 쪽으로 불똥이 튈지 가늠조차 어려운 실정이다. 북한이 보안법을 싫어하고 불편해하면서 집요하게 그 철폐를 요구하는 것은 이 법이 그들의 목적 달성에 최대 걸림돌이 되기 때문이다. 남한의 인사들이 여기에 맞장구를 쳐서야 되겠는가.

보안법은 태생적으로 한시법(限時法)이다. 그들이 대한민국을 해치려는 의도가 없다는 사실이 명명백백해지면 보안법은 저절로 용도 폐기될 것이다. 그러나 아직은 그 시기가 아니다. 보안법 폐지론 외에 '형법 보완론'이니 '대체 입법론'이니 하는 것만 해도 그렇다. 그러한 주장들이 현 보안법의 실질적 내용을 그대로 유지하는 쪽이라면 이는 음식을 담는 그릇의 차이에 불과한 비본질적인 것이다. 하지만 조금만 자세히 들여다보면 거기에는 보안법의 핵심내용을 빼버리거나 법 실행을 형해화(形骸化)하려는 의도가 있음을 쉽게 읽을 수 있다.

오늘날 북한의 지도부와 남한 내의 친북세력을 제외한 일반 국민은 보안법에 아무런 불편을 느끼지 않는다. 오히려 80% 이상의 국민이 보안법 폐지에 반대하고 있다. 지난해 우리 대법원도 보안법 폐지론을 경계하면서 "나라의 체제는 한 번 무너지면 다시 회복할 수 없는 것인 만큼 한 치의 허술함이나 안이한 판단도 허용되지 않는다."라고 지적했다.

결국 보안법은 낡은 유물로 칼집에 넣어 박물관에 보내려 들 게 아니라, 오히려 날을 예리하게 잘 손질해 요긴할 때 쓸 수 있도록 머리맡에 놓아두어야 할 것이다.

—《중앙일보》, 2005. 2. 2.

젊은 검사들이여,
인간 성찰을

며칠 전 전국의 평검사 500여 명에 대한 대규모 인사가 있었다. 이들은 대부분 이삼십 대의 젊은이로 일선에서 직접 사건을 다루는 검찰의 일꾼이다. 인사 발령이 있으면 이들은 분주히 이삿짐을 싸고 자녀들을 전학시키고 주변에 급히 작별인사를 한 뒤 전국 방방곡곡의 새 임지로 떠난다. 일이 년에 한 번씩 홍역처럼 겪는 대이동을 검사들은 숙명으로 여기고 산다. 이제 그들은 새로운 곳에서 낯선 사람들이 등장하는 새로운 사건을 접하게 될 것이다.

크건 작건 모든 사건에는 특유한 인생의 문제가 스며있다. 검사가 사건을 처리함에 있어서는 객관적 범죄성 규명뿐 아니라 그 사건에 스며 있는 이러한 인생의 문제에 대한 성찰도 놓쳐서는 안 된다.

초임검사 시절, 차를 후진하다가 자신의 어린 아들을 치사케 한 사건을 처리한 적이 있다. 당시 사망사고는 예외 없이 구속하던 때라 경찰이 신청한 영장에 서슴없이 서명해 결재를 올렸다. 즉시 부장검사의 부름이 있었다.

"자네는 아들을 죽인 아버지의 심정을 생각해 보았는가? 그는 이미 백번 천번 구속되는 것보다 더 가혹한 형벌을 받았네. 그는 그 형벌을 평생토록 받으며 살아가야 하네."

필자는 그때 일을 생각하면 지금도 부끄럽다. 인생에 대한 성찰이 너무 모자랐던 것이다.

이와 함께 '인간의 존엄과 가치'가 우리 헌법상의 최고 이념임은 익히 알고 있었지만 그것이 검사의 임무인 범죄 규명보다 훨씬 중요한 상위가치(上位價値)임을 수긍하는 데는 한참 더 시간이 걸렸다. 최근 수사기관에서 가혹행위를 당했다는 주장은 현격히 줄어든 것 같다. 참으로 바람직한 발전이다. 그러나 수사과정에서 이루 말할 수 없는 비인격적인 언사와 모멸을 당하고 돌아와 이를 하소연하는 사람은 아직도 많다. 범죄의 자백을 준엄한 추궁과 설득이 아닌 모멸적 언사로 얻으려 드는 것은 그 적법성은 차치하고라도 별 실효성도 없다. 나아가 그 사람은 평생을 두고 검찰을 원망하면서 살아가게 된다. 그러한 사람들의 숫자가 늘어나는 만큼 검찰의 설 땅은 좁아질 수밖에 없다.

이와 유사하게 수사과정에서 가장 경계해야 할 것이 공명심에 의한 사건의 왜곡 내지 과장이다. 지난해 어느 수사기관이 일으킨 만두 사건이 그 전형적인 예다. 만두소로 아무런 해가 없는 단무지의 끝자락을 으깨어 썼는데 이것이 썩은 쓰레기 단무지로 둔갑했다. 보도가 있자 모든 만두 판매가 중단되고 영세한 업체는 문을 닫아야만 했다. 과거 검찰에서도 유사한 사례가 없지 않았다. 특히 혈기 왕성한 젊은 검사들이 명념해 주었으면 하는 점이다.

수사란 본질상 검사와 피의자 간의 대치와 긴장의 과정이 될 수밖에 없다. 그러나 며칠에 걸친 긴박한 대치 끝에 손수 구속한 피의자의 조사를 마치고 서류를 덮으면서 그에게 차라도 한 잔 권하고 잠시 인간적인 대화를 나누어 보라. 검사의 그런 말 한마디에도 그들은 깊은 감동과 고마움을 느낄 것이다.

최근 필자가 아는 모기업체의 사장이 특수부 검사의 조사를 받았다. 며칠간의 강도 높은 조사에도 불구하고 그에게서 끝내 기대했던 범증을 찾아내지 못하자 그 검사는 이렇게 말했다.

"사장님, 솔직히 저로서는 최선을 다했으나 의도했던 사실을 밝히지 못했습니다. 이번 수사는 여기서 끝내겠습니다. 그동안 수고 많으셨습니다. 수사과정에서 일부 탈세 사실이 드러났습니다만, 이는 본래의 수사 초점도 아니고 다른 기업에도 흔히 있는 일이므로 별도로 문제 삼지 않겠습니다. 단, 반드시 세무서에 자진신고하고 그 세금을 납부하도록 하십시오."

그 사장은 오랜 조사에 극도로 지쳤지만 좋은 마음으로 검찰청을 나왔다고 했다.

요즘 젊은 검사들은 과중한 업무로 주말도 퇴근시간도 따로 없는 것 같다. 여기에다 국민의 요구는 너무나 크고 무겁기만 하다. 흔들리지 않는 구도자(求道者)의 몸가짐, 그리고 사회악을 단숨에 척결해 정의를 구현하는 흑기사(黑騎士)의 역할을 함께 기대하고 있다. 이 때문에 검사들은 때로는 한없이 외롭고 때로는 깊은 좌절감에 빠지기도 한다. 그러나 온갖 어려움 속에서도 묵묵히 일하는 그들의 노고에 힘입어 나라의 기본이 이만큼 유지되고 있음을 국민은 안다. 젊은 그들이 추상열일(秋霜烈日)의 결의에 보태어 항시 인간적인 성찰을 잃지 말기를 바랄 뿐이다.

—《중앙일보》, 2005. 2. 23.

원로가 그리운 사회

어린 시절 10여 명 대가족이었던 우리 집안의 하루 일과는 사랑방 할아버지께 문안드리는 일로 시작됐다. 근엄한 훈계의 말씀을 들었고 때로는 불호령이 내리기도 했지만 양친을 비롯한 식구들은 모두 할아버지의 말씀을 경청하고 또 순종했다. 집안은 질서와 안정을 누렸다.

현재 필자가 근무하는 로펌에는 고희가 넘은 대법관 출신의 변호사 한 분이 계신다. 평생을 기품 있게 살아온 분이라 누구나 그 앞에 서면 자연히 옷깃을 여미게 되고 사무실에 그분이 계신다는 사실만으로도 마음이 든든하다.

나라와 사회에도 어른들이 계신다. 바로 각계의 원로들이다. 단순히 나이가 많고 지위가 높았다는 것만으로 원로라고 하지 않는다. 평생 깨끗한 몸가짐으로 외길을 걸으면서 경륜과 덕을 쌓아 국민의 존경을 받는 분들을 일컫는다. 잎을 모두 털고 들판에 허허로이 서 있는 겨울나무처럼 현역에서 한발 물러나 세상을 관조(觀照)하며 살아가다가도, 나라에 어려운 일이 생기면 천근의 무게가 실린 말씀으로 잘못을 꾸짖고 바로잡아주는 분들이다.

제2차 세계대전 후 일본 경제계 최고의 CEO로서 '경영의 신(神)'이라고까지 불리던 도고 도시오(土光敏夫). 그가 90대의 나이로 타계한 지 20여 년이 흘렀지만 지금도 일본 국민은 그를 기억하고 존경한다. 탁월한 경영능력뿐 아니라 투철한 애국심, 청렴결백 그리고 사회에 대한 헌신으로 일생을 산 인물이기 때문이다. 다나카 가쿠에이(田中角榮) 총리의 검은 정치자금 문제가 터진 1974년 가을, 일본 게이단렌(經団連—우리의 전경련에 해당) 회장으로 있던 도고 노인이 어느 날 밤 불쑥 총리 관저를 방문했다. 황급히 자리를 권하는 총리에게 그는 호된 질책을 퍼부었다.

"자네 도대체 양심이 있는가? 검은돈을 긁어모아 정치를 하니 사회가 부패하고 나라가 흔들리는 게 아닌가. 내일 당장 총리를 그만두고 절에 가서 삭발 수도나 하게."

우리나라에도 옛날부터 존경받는 원로들이 많았다. 과거 독재 치하에서도 온갖 탄압과 고초를 무릅쓰고 바른말, 바른 행동을 하는 원로들이 끊이지 않았다. 그런데 언제부터인가, 우리 사회에 원로들이 보이지 않는다고들 말한다. 어찌된 연유일까?

그 첫 번째 이유는 역대 정권이 자신들의 필요에 의해 이들을 끌어들여 이용하고 효용가치가 떨어지면 내다버리는 일이 적지 않았기 때문이다. 자연히 존경심을 잃게 되고 원로의 반열에서 사라지게 되는 것이다.

그러나 최근에 들어 더 중요한 이유는 소위 386을 비롯한 일부 젊은이들이 오만과 독선에 빠져 원로를 업신여기는 잘못된 풍조가 생겼기 때문이다. 원로들이란 자기들과는 '코드'가 맞지 않아 오히려 걸림돌이 되는 사람들로 여기는가 하면, 심지어 이 시대의 가장 존경받는 어느 종교 지도자에 대해 "과대 포장된 인물" 운운하며 수모를 가하기도 했다. 왕왕 인터넷의 익명성이 여기에 결정적인 역할을 보탠다.

어느 시대나 젊은이들의 창의성과 개척정신이 역사발전의 원동력이 돼온 것은 사실이다. 그러나 한편으로 그들은 경륜과 사려가 모자라고 의식적이든 무의식적이든 간에 한쪽으로 치우치기 쉬우며 이로 인해 큰 낭패를 보는 일이 허다하다. 이러한 맹점을 보완해 주는 것이 바로 원로들이다. 오늘날 우리 사회에 각계각층의 요구와 주장이 여과 없이 분출되면서 마찰과 갈등이 심화되고 있는 것도 이를 말리고 꾸짖고 조정할 수 있는 원로의 부재와 무관하지 않을 것이다. 이제 우리는 원로가 건재하는 사회를 한시바삐 복원하지 않으면 안 된다.

먼저 이 땅의 원로들에게 감히 진언 드리고 싶다. 은둔과 침묵은 원로의 도리가 아닐 것이다. 나라가 분열되고 젊은이들이 방향감각을 잃은 때일수록 원로들이 분연히 나서주시기를 우리는 갈망한다.

그리고 이 땅의 젊은이들에게 간절히 호소하고 싶다. 세상은 변해도 세상 사는 이치는 쉽게 변하지 않는다. 제발 겸허한 마음으로 되돌아가 원로를 나라의 어른으로 모시고 어려울 때 그분들에게서 세상 사는 이치와 지혜를 배우자. 베트남의 정신적 지도자인 틱낫한 스님이 말했다.

"인생은 마치 사다리를 오르는 것처럼 배우고 또 배워야 하는 과정이다. 겨우 네 번째 계단에 이르러 제일 높은 곳에 왔다고 여긴다면 당신은 더 높이 올라갈 기회를 잃고 만다. 다섯 번째 계단에 오르기 위해서는 네 번째 계단을 포기할 수 있는 지혜를 가져야 한다."

—《중앙일보》, 2005. 3. 18.

금 모으기,
마음 모으기

그해 겨울은 따뜻했다.

손에서 손에 금붙이를 꺼내든 사람들이 직장에서, 은행에서, 방송국에서 긴 줄을 서서 차례를 기다렸다. 형편이 넉넉한 사람뿐만 아니라 자기가 아끼던 유일한 금반지를 뽑아 들고 나온 사람도 있었다. 모두가 자발적이었고 표정은 한결같이 진지했다. 이렇게 해서 두 달간 모인 금이 무려 226톤, 이를 수출해 얻은 외화가 21억 2000만 달러에 이르렀다. 한국은행 외환보유액이 39억 달러에 불과하던 시절이었다. '한국전쟁 이후 최대의 국난(國難)'인 IMF 외환위기를 유례없이 최단 기간에 극복할 수 있었던 동인이 바로 이러한 정신에 있었다. 국민의 마음이 모였을 때 금이 모였고, 금을 모으면서 마음을 모았던 것이다.

최근 독도 문제를 둘러싸고 일본 측의 가당치도 않은 억지 주장으로 조야(朝野)의 분노가 화산처럼 폭발하면서 국민의 마음이 모처럼 한데 모였다. 이를 잘 살려 나간다면 새로운 국민 단합과 국가 발전을 향한 전화위복의 계기가 될 수도 있을 터였다. 격에 맞는 당국자가 한두 차례 의연하면서도 단호하게 일본 측의 부당성을 질타하는 한편 많은 국민이 독도를 방문하는 등 무언의 행동으로 우리의 결의를 보여주면 족한 것이었다. 그런데 우리 외교의 최후 보루이자 마지막 대카드인 노무현 대통령이 직접 나서 일본에 직격탄을 날렸다. 많은 국민은 오랜만에 후련했고 일본도 적잖게 당황했을 것이다. 그러나 뒤미처 과연 그것이 외교적으로 온당하면서도 국익을 위해 가장 실효성이 있는 방법인지 식자들 가운데 적지 않은 우려와 비판이 일어났다. 이러한 역풍으로 아쉽게도 모처럼의 계기가 별 소득 없이 끝나지나 않을지 걱정스럽다. 지나침은 모자람과 마찬가지이고 기회는 쉽게 다시 오지 않는다.

또 최근 행정수도 분할 문제로 야기된 경향 간의 새로운 지역갈등이 장기화할 조짐을 보이고 있다. 물론 국토의 균형발전은 긴요한 일이다. 그러나 그것이 한 지방의 것을 무 자르듯 뭉텅 잘라 다른 지방에 붙여주는 방법이라면 이는 너무나 산술적이다. 얻는 측의 기대뿐 아니라 잃는 측의 상실감에 대한 고민도 모자랐다. 민원인의 불편은 물론 수많은 공무원의 가족 이산과 주말 장거리 행렬의 고달픔 같은 것도 가볍게만 여길 일이 아니다. 이 또한 국민의 마음을 가르는 일이기 때문이다.

부(富)의 분배 문제도 마찬가지다. 국민이 고르게 잘 사는 나라를 이루어야 한다는 데 이견이 있을 수 없다. 그러나 그 출발이 인간의 존엄과 가치라는 인류 보편의 인식에서가 아니라 가진 자의 부는 가난한 사람을 착취한 것이기 때문에 당연히 되돌려 주어야 한다는 차원이라면 이는 분명 잘못된 생각이다. 전자가 국민의 마음을 모으는 화합의 표현이라면 후자는 그 마음을 분열시키는 투쟁의 표현일 뿐이다. 국민이 자발적으로 자신의 것을 나누어 가지려는 동기유발과 공감이 정책의 근저가 되어야 할 것이다.

이와 함께 더욱 걱정스러운 것은 사람에 대한 의도적인 편 가르기다. 여기에는 위정자뿐만 아니라 일부 시민단체나 언론도 가세한다. 너는 친일했던 사람의 후손이니까, 너는 과거정권에 봉사했거나 그런 사람의 자녀니까, 너는 오랫동안 떵떵거리며 살았으니까, 너는 수십 년 전에 농촌에 땅을 산 일이 있으니까, 너는 보수꼴통이니까 등등 이런저런 이유로 동참의 대열에서 추방되는 사람들이 속출하고 있다. 세상에 한 점 허물없이 완벽한 사람이 어디에 있겠는가.

율법에 따라 간음한 여자를 돌로 쳐 죽이려는 군중에게 예수께서 말했다. "너희 중에 누구든지 죄 없는 사람이 먼저 저 여자를 돌로 쳐라." 이 말에 사람들은 하나 둘 말없이 흩어져 갔다. 물론 큰 허물이 있는 사람은 스스로 반성하고 근신해야 할 것이다. 그러나 작은 허물, 너무 오래되어 잊혀도 좋을 허물은 서로 감싸주는 훈훈한 모습도 보고 싶다. 이 또한 국민의 마음을 모으는 길이 되기 때문이다.

무릇 훌륭한 정치란 화해와 통합의 정치다. 분열과 갈등의 정치는 그 명분 여하를 막론하고 바람직한 정치가 못 된다. 더구나 그것이 만의 하나 어떤 숨겨진 계산에서 나온 것이라면 더욱 그렇다. "정치꾼은 다음 선거에 대해서만 생각하지만 현명한 정치가는 다음 시대의 일을 생각한다."

대통령도 정부도 국민도 다시 한 번 금 모으기 정신으로 되돌아가 흩어진 마음 모으기에 발 벗고 나섰으면 좋겠다.

— 《중앙일보》, 2005. 4. 8.

머문 듯 가는 것이 세월인 것을

쉬어 가는 삶의 지혜

오후 3시, 문득 사무실을 빠져나와 용산역에서 기차를 탄다. 짧은 망설임 끝에 결정한 목적지는 변산반도의 남단에 있는 작은 어항 곰소마을. 그곳에 특별한 볼일은 없었다. 다만 20년도 더 전에 그곳을 한 번 지나친 희미한 기억이 있고, 마침 거기서 무슨 축제가 열리고 있다는 소문을 들었을 뿐이다. 이를테면 나이에 어울리지 않게 모처럼 사치스러운 탈출을 시도한 셈이다.

도시를 벗어나 봄꽃이 아름다운 산야를 접하는 순간 그토록 뒤엉켜 있던 머리가 신기할 만큼 순식간에 풀렸다. 아, 이렇게 홀가분하고 자유로운 것을. 왜 진작 이런 생각을 하지 못했을까. 신경림 시인의 시 「특급열차를 타고 가다가」에 나오는 시구가 떠올랐다.

이렇게 서둘러 달려갈 일이 무언가

환한 봄 햇살 꽃그늘 속의 설렘도 보지 못하고

날아가듯 달려가 내가 할 일이 무언가

예순에 더 몇 해를 보아온 같은 풍경과 말들

종착역에서도 그것들이 기다리겠지

들판이 내려다보이는 산역에서 차를 버리자

그리고 걷자 발이 부르틀 때까지

복사꽃숲 나오면 들어가 낮잠도 자고

소매 잡는 이 있으면 하룻밤쯤 술로 지새면서

(…)

정읍역에서 기차를 내려 시인의 권고대로 곰소항 가까이서 자동차를 버렸다. 어슬렁어슬렁 포구에 들어서니 축제는 그 전날 이미 끝나버렸고, 남은 것이라도 마저 팔아볼까 가설 천막에 우두커니 앉아 있는 상인들의 모습이 쓸쓸했다. 갖가지 자질구레한 천 원짜리 물건만 파는 잡화점에 들러 모양이 특이한 호미 한 자루를 샀다. 값을 치르면서 물어보니 개펄에서 바지락 캐는 호미라고 했다. 집에서 작은 꽃밭을 가꾸는 아내에게도 그 용도가 닿을는지. 어둠이 깔리자 들에도 바다에도 정적이 깃들었다. 한때는 인근의 위도(蝟島) 방폐장(放廢場) 문제로 그토록 시끄러웠던 지역이 아니던가.

바다가 내려다보이는 언덕 위 마을에 하룻밤 잠자리를 구했다.

누워서 가만히 생각하니 그동안 무엇에 쫓기듯 너무 허둥지둥 살아온 것 같다. 이제 한숨 돌리고 싶다. 항시 무언가 결핍된 듯한 갈증과 집착에서도 좀 벗어났으면 좋겠다. 누군가가 말했지, "원하는 것을 소유할 수 있다면 그것은 큰 행복이다. 그러나 자신이 갖고 있지 않은 것을 원하지 않는 것이야말로 더 큰 행복이다."라고.

하긴 세상을 둘러보면 더 정신없이 살아가는 사람도 많은 것 같다. 이를테면 학교가 끝나기 무섭게 바로 이 학원 저 학원으로 쉴 새 없이 뛰다가 밤늦게 집에 돌아오자마자 쓰러져 잠드는 우리의 아이들이 그렇고, 하루 종일 여기저기서 떠들어대다 그것도 부족하여 저녁식사를 두세 번씩 한다는 정치인들도 그렇다. 이들에게서 무슨 심오한 정책이 나오겠는가. 공연히 쓸데없는 거친 말이나 모호한 용어를 구사하여 무익한 논쟁과 분란만 일으킨다. 제발 더 이상 평지풍파로 백성들을 고단하게 만들지 말고 믿음이 가는 정치, 좀 쉽고 편안한 정치를 해 주었으면 좋겠다. 모든 일은 내가 제일 잘 알고 내 손으로 직접 챙겨야 된다는 강박관념에서도 좀 벗어나 주었으면 한다. 더러는 그냥 흘러가게 내버려두는 것이 좋을 때도 있고, 때로는 아랫사람이 더 잘할 수 있는 일도 많다. 루스벨트 대통령이 말했다.

"훌륭한 지도자란 안심하고 일을 맡길 유능한 인재를 골라내는 눈이 있고, 또 그들이 일하는 동안 참견하지 않을 만큼의 자제력을 가진 사람이다."

천주교에 피정(避靜)이라는 것이 있다. 번잡한 세상을 피해 일정

기간 한적한 곳에 머물면서 기도하고 묵상하고 좋은 말씀을 듣는 과정이다. 하루 이틀이라도 이러한 피정을 하고 나오면 심신이 맑아지고 새로운 힘이 솟는 듯한 느낌이 든다. 비록 신자가 아니라도 머리가 혼란스러울 때 가까운 성당이나 교회, 사찰을 찾아 한동안 가만히 앉아 있거나, 하다못해 한적한 길을 천천히 걷는 것만으로도 웬만큼 그윽한 마음을 회복할 수 있다. 우리의 정치 지도자를 비롯한 모든 바쁜 이에게 이처럼 가끔씩 쉬어 가는 제 나름의 재충전 방법과 여유를 권하면서 필자도 앞으로 그렇게 살아야겠다고 생각했다.

올해는 예년보다 봄꽃이 며칠씩 늦게 핀다고 야단이지만 그러나 계절은 단 한 번의 예외도 없이 정직한 순환을 거듭할 것이다. 낯선 곳에서 하룻밤을 보내고 꽃길을 따라 다시 서울로 돌아오면서 "삶이란 내가 조금씩 아껴가며 꺼내놓고 싶은 행운"이라고 쓴 피에르 상소의 수필을 생각했다.

— 《중앙일보》, 2005. 4. 27.

말하는 사람,
듣는 사람

불행의 대부분은

경청(傾聽)할 줄 몰라서 그렇게 되는 듯.

비극의 대부분은

경청하지 않아서 그렇게 되는 듯.

아, 오늘날처럼

경청이 필요한 때는 없는 듯.

대통령이든 신(神)이든

어른이든 애이든

아저씨든 아줌마든

무슨 소리이든지 간에

내 안팎의 소리를 경청할 줄 알면

세상이 조금은 좋아질 듯.

(…)

현장 비평가들이 2002년도 '올해의 좋은 시'로 뽑은 정현종 시인의 「경청」이라는 작품이다.

세상에는 참 좋은 소리가 많다. 산에서 듣는 솔바람 소리, 먼 절간의 종소리도 좋고, 저녁 식탁에서 그날의 자질구레한 일들을 일러주는 아내의 목소리도 듣기에 편안하다. 조선시대 명재상 백사 이항복은 "동방화촉(洞房華燭) 좋은 밤에 가인(佳人)이 치마끈 푸는 소리"가 세상에서 제일 듣기 좋은 소리라고 했다던가.

하지만 아무리 좋은 소리라도 귀 기울여 들어주는 이가 없다면 무슨 소용이 있겠는가. 특히 대화는 문자 그대로 말의 주고받음이다. 따라서 말하는 사람 못지않게 듣는 사람의 자세가 중요하다. 사람의 마음을 얻을 수 있는 가장 확실한 지름길은 그의 말을 잘 듣는 것이다. 그래서 스티븐 코비는 "성공하는 사람들의 일곱 가지 습관" 중 하나로 "먼저 경청하라. 그 다음에 이해시켜라."라는 항목을 들었다.

그러나 오늘날 우리 사회에 말하는 사람은 수없이 많지만 듣는 사람은 의외로 적은 것 같다. 무슨 자리에서건 화제를 독점하거나 남의 이야기를 중간에서 가로채 혼자 떠들어대는 사람이 있다. 또 식당 같은 데서 여럿이 모임을 하는 경우 처음에는 한두 사람이 말을 시작하지만 시간이 지날수록 듣는 사람보다 말하는 사람의 숫자가 많아진다. 그러자니 모두가 경쟁적으로 목소리를 높일 수밖에 없고 급기야 어느 누구의 이야기도 알아들을 수 없는 지경이 되고 만다.

비단 개인뿐만 아니라 각종 단체나 집단의 경우도 마찬가지다. 대부분 자기 편 목소리 내기에 급급할 뿐 다른 편의 소리에는 아예 귀를 막아버린다. 일방적인 주장을 내세우고 걸핏하면 집단행동에 들어가 붉은 머리띠를 두르고, 각목을 휘두르며, 크레인 위에 올라가고, 단식으로 위협한다. 최근 일부 고려대생이 폐쇄적인 자기논리에 빠져 상식 밖의 작태를 보이다가 온 국민의 지탄을 받은 것도 바로 그런 사례다.

남의 말을 잘 듣지 않는 경향은 국회의 대정부 질문이나 청문회 같은 데서 극치를 이룬다. 자기들은 근거 있는 소리, 없는 소리, 마구 질문을 늘어놓고는 정작 상대방이 답변하려 들면 무조건 간단히 하라고 윽박지르고 초입에서 말을 잘라버리기 일쑤다. 도대체 무엇 때문에 질문을 하는지 모르겠다.

더욱 답답한 것은 나라를 이끌어가는 최고지도자들마저 국민의 목소리에 널리 귀를 기울이지 않는다는 점이다. 모름지기 지도자는 말을 아끼고 되도록 많은 사람의 이야기를 충분히 들어야 한다. 그래야만 편향적 정책이나 탁상공론식 행정을 피하고 국민통합도 이룰 수 있다. 지난달 재보선에서 집권 여당이 23대 0으로 참패한 것도 그들이 편견과 오만에 빠져 거칠고 품위 없는 자기들 말만 해대면서 국민의 소리를 듣지 아니한 때문은 아닐는지.

"폐하께서는 신하들의 간하는 소리를 넓게 들으시어, 뜻있는 선비들의 의기를 더욱 북돋워주서야 합니다. 충성스러운 간언이 들어오는 길을 막으서서는 안 됩니다."

천하통일의 원대한 포부를 품고 위의 기산(祁山)으로 출정하는 날 아침 제갈공명이 눈물을 흘리며 황제에게 바친 저 유명한 '출사표(出師表)'에 나오는 구절이다.

잘 들으려면 마음에 충분한 여유 공간을 가져야 한다. 비단 사람의 소리뿐만 아니라 이따금씩은 자연의 소리도 엿듣고, 나아가 신의 소리에도 귀 기울일 수 있어야겠다. 기도는 절대자에게 무언가 일방적으로 요구하는 것이 아니라, 그분의 음성을 듣고 그분과 대화를 나누는 것이라고 하지 않던가.

계절의 여왕, 푸른 5월. 바야흐로 갖가지 소리가 아름다운 때다. 그와 함께 나의 사정을 지성껏 들어주는 친구가 있다면 얼마나 행복하겠는가. 노사(勞使)가 도란도란 대화를 나누는 모습, 늦은 시간까지 의사당에 남아 발언을 경청하는 국회의원의 모습, 국민의 소리에 진지하게 귀 기울이는 지도자의 모습은 얼마나 미덥고 존경스럽겠는가.

첫머리에 옮겨 쓴 정현종의 시는 이렇게 이어진다.

모든 귀가 막혀 있어

우리의 행성은 캄캄하고

기가 막혀

죽어가고 있는 듯.

그게 무슨 소리이든지 간에,

제 이를 닦는 소리라고 하더라도,

그걸 경청할 때

지평선과 우주를 관통하는

한 고요 속에

세계는 행여나

한 송이 꽃 필 듯.

— 《중앙일보》, 2005. 5. 20.

전통의 뿌리와
개혁의 꽃

　　"피와 땀과 눈물"로 제2차 세계대전을 승리로 이끈 영국 보수당의 처칠 총리. 그는 승전 직후 총선거에서 애틀리의 노동당에 뜻밖의 패배를 당해 정권을 내놓았지만 3년여의 와신상담(臥薪嘗膽) 끝에 1950년 10월 극적으로 정권을 탈환하는 데 성공한다. 취임 뒤 첫 회견에서 기자들이 처칠 총리에게 노동당의 진보적인 각종 정책을 백지화할 것인지를 물었다. 이에 대해 처칠은 "나는 본래 노동당의 정책을 반대했었지만 국민의 동의 아래 노동당 정부가 실시해 온 복지·경제·노동정책은 대부분 그대로 계승해 나갈 것입니다. 정권이 바뀌었다 해서 갑자기 방향을 바꾸는 것은 국민과 국가의 이익에 도움이 되지 않습니다."라고 대답했다. 이 말을 들은 애틀리 전 총리마저 처칠은 역시 위대한 정치가라고 찬양했다고 한다.

　　우리 주위에서 어떤 직장의 책임자가 바뀌면 대개 제일 먼저 하는 일이 새로운 '복무 방침'을 내거는 일이다. 전임자가 추진하던 시책들을 갑자기 중단하거나 슬며시 뒤로 돌려버리고 떠들썩하게 새로운 일을 벌인다. 이러한 전시행정과 한건주의로 기왕에 투입된 막대한 예산과 노력이 무위로 돌아가기 일쑤다. 이러한 현상은 정권이 교체되는 경우 더욱 두드러진다. 새 정권이 들어서면 예외 없이 '개혁'이라는 이름 아래 국가 경영의 틀과 방향을 근본에서부터 바꾸려 든다. 그들의 눈에는 과거의 것은 모두 악이거나 오류로 비치는 모양이다. 하지만 그들의 임기가 끝날 때에도 같은 일은 되풀이될 것이다. 5년마다 국민은 그 소용돌이 속에서 심한 몸살을 앓는다.

물론 옛것 중에는 당초 잘못된 것도 있고 세상의 변화에 따라 시대정신에 맞지 않게 된 것도 있다. 따라서 옛것만을 고집하는 것은 온당치 못하다. 바꿀 것은 과감히 바꿔 나가야 한다. 다만 그 경우 우리의 기본과 전통에 관한 깊은 성찰을 함께해 보지 않으면 안 된다는 것이다.

전통이란 그저 생기는 것이 아니다. 오랜 세월에 걸쳐 이렇게도 해보고 저렇게도 해본 끝에 그래도 가장 토양에 맞는 것들만이 살아남아 전통의 모습으로 자라는 것이다. "뿌리 깊은 나무는 바람에 흔들리지 않아 꽃이 아름답고 많은 열매를 맺는다." 개혁이라는 나무도 전통이라는 뿌리에 접목될 때 좋은 꽃을 피울 수 있는 것이다.

임기가 절반 가까이 지나고 있는 현 참여정부의 개혁 성적표는 과연 어떠한가. 이에 대한 일반의 평가는 그리 후하지 못하다. 개혁의 방향에 대한 근본적인 회의론이 남아 있는 데다 각론의 개혁 과제들도 상당 부분 제대로 착근되지 못해 소리만 요란할 뿐 실질적인 성과가 미미하다는 지적이다. 이로 인한 혼란과 정체(停滯)의 와중에서, 정권은 개혁 강박증에, 국민은 개혁 피로증에 빠져 있다. 과연 무엇이 문제인가.

전혀 검증도 되지 않은 특정 성향의 사람들과 급조된 수많은 '위원회'가 권력의 핵심에 등장해 국가 최고 전문가들과 공식 전문부서를 제치고 국정을 재단하고 있다. 최근 연달아 터지고 있는 '유전 개발'이니 '행담도 개발'이니 하는 의혹들도 따지고 보면 바로 무경험과 비전문성에 한건주의가 결합해 빚어진 희극인 것이다.

한편 분배의 산술적 평등에 경도해 전통적 시장경제의 원리를 적지 않게 훼손하다 보니 곳곳에서 경제의 생명인 '흐름'이 끊어지고 있다. 이로 인해 성장률과 경기는 주저앉아 버리고 빈부 격차와 실업자 수는 정권 초기에 비해 늘어났다. 오히려 우리의 서민이 제일 큰 피해를 보고 있는 것이다.

외교·안보 문제에 대한 편향성과 조건반사적 대처로 전통적 우방과의 사이에 불신의 그늘이 드리우고, 계속되는 북한 정권의 갖가지 농락에도 불구하고 평양의 6·15 행사에 참석하지 못해 안달이 난 인사가 한둘이 아니다. 이래저래 나라가 시끄럽고 국정이 총체적 난맥상에 빠져들었다는 지적마저 나오고 있다. 우리의 토양을 고려하지 않고 어떻게든 나라의 방향을 바꿔 보려는 집착과 오만 때문은 아닐까.

오랫동안 길을 잃고 헤맬 때는 원점으로 되돌아가 다시 찾아보는 것이 더 좋을 때가 많다. 일이 어렵고 꼬여 잘 풀리지 않을 때도 마찬가지다. 막무가내로 밀어붙이려 들 게 아니라 기본과 전통의 모습으로 되돌아가 차분히 다시 한 번 생각해 보는 것이다. 지금이야말로 이 점에 대한 모든 지도자의 특별한 용기와 유연성이 요구되는 때다. 붓다의 말씀처럼 하나의 생각에 갇힌 집착은 진리에 이르는 가장 큰 걸림돌이기 때문이다.

—《중앙일보》, 2005. 6. 8.

지역병,
난치인가 불치인가

"사나이 이르는 곳 그곳이 다 고향인 것을(男兒到處是故鄕)."

만해 한용운 스님이 1917년 겨울 오세암에서 문득 깨달음을 얻어 읊은 오도송(悟道頌)의 첫 구절이다. 필자가 과거 공직에서 지방의 기관장으로 부임할 때 취임사에서 즐겨 인용하던 글귀다. 본래의 심오한 뜻과는 무관하게, 필자 나름대로는 새로운 임지가 어디든 그 지역을 고향으로 여기고 최선을 다하겠다는 다짐을 표현한 것이었다.

또다시 무슨 선거가 다가오고 있는 모양이다. 정부가 새삼스레 특정 지역의 민심 추스르기에 나서고, 어느 지역에 신당이 태동할 움직임이 있는가 하면, 어느 지역 정치인들이 소속 정당을 재고하면서 술렁이고 있다는 풍문이다. 서서히 지역감정의 고질병이 다시 도질 조짐이다.

생각해보면 우리나라의 지역감정 문제는 참 이해하기 어렵다. 손바닥만 한 나라에 종족이나 피부 색깔이나 종교가 지역에 따라 다르지도 않다. 다만 동서남북 어느 쪽에서 태어났는가라는 극히 우발적이고 비본질적인 차이가 있을 뿐인데, 그것이 평생을 두고 꼬리표처럼 붙어 다닌다. 같은 지방 사람들 간에 자연스레 느끼는 친근감이나 향토애의 범위를 넘어 끼리끼리 폐쇄적으로 살면서 타 지역 사람들에 대해서는 질시와 증오까지 서슴지 않는다.

과거에도 우리 역사에 지역감정의 문제가 없지는 않았지만, 특히 1960년대 이후 여야 정치인들이 득표를 위해 의도적으로 이를 부추긴 탓에 감정의 골이 더욱 깊어졌다. 투표에서 지역별 싹쓸이 현상이 다반사가 되고, 표를 몰아주었는데도 우리 지역을 이렇게 푸대접할 수 있느냐며 흥분하는 모습도 자주 본다. 인사카드에 출신지역 기재란이 없어진 지가 언젠데 걸핏하면 고위 공직자의 출신 지역별 통계 숫자를 보도하는 등 언론도 톡톡히 한몫을 했다.

지역 대립의 조합도 다양해졌다. 당초의 영호남 대립에서 충청권이 참전을 선언하고, 수도권과 지방이 반목하더니 심지어 서울의 강남북까지 갈등 조짐을 보이는 등 혼전 양상이다. 국제적 무한경쟁의 시대에 이런 일로 국력을 낭비할 시간이 어디에 있는가.

물론 지금까지 지역감정 해소를 위한 조야(朝野)의 노력이 없지는 않았다. 그러나 골수에 이른 지역병을 뿌리 뽑기에는 정성과 항심

(恒心)이 모자랐음을 지적하지 않을 수 없다.

우선 지역감정 해소의 제1차적 책임은 당초 원인을 제공한 정치의 몫이다. 모든 정치 지도자는 지역감정에 의지하려는 생각을 끊어버려야 한다. 자신에게 표를 찍은 사람이나 찍지 않은 사람이나 모두 포용할 수 있는 아량과 자신감을 가져야 한다. 코드나 친소(親疏) 관계만을 따져 사람들을 편중되게 쓰다 보면 소외된 지역에서는 당연히 민심이 흉흉해지게 마련이고, 이에 놀라 너무 작위적으로 이것을 시정하려 들면 흔히 역차별 정서로 번진다. 대통령을 배출한 지역에서는 제일 큰 것을 차지했으니 그 밖의 것을 다른 이들에게 좀 양보하는 마음을 가져야 한다. 이런 것이 통합의 정치다.

지역의 균형발전은 참으로 긴요한 과제다. 그러나 그것은 각 지역에 맞는 일을 새로이 창출해 내는 생산적인 방법이어야 한다. 중앙의 주요 기관들을 무 자르듯 잘라내 지방으로 떼 주는 식의 산술적 방법은 근본적 해결책이 못 될 뿐 아니라 이것 역시 또 다른 지역감정의 단초가 될 수 있다. 요컨대 위정자들이 당장의 이해관계를 떠나 지역 문제에 대한 역사의식과 사명감을 가져야만 한다.

물론 지역 문제의 책임을 정치인에게만 돌릴 일이 아니다. 모든 국민과 공직자와 시민단체들이 함께 떨치고 나서서 일대 범국민적 운동을 전개해야 한다. 지역 간에 서로 섞여 일하고 서로 섞여 놀자. 서로 방문하고 서로 결연하고 서로 통혼(通婚)하자. 서로 바꾸어 입

후보하고 서로 바꾸어 투표하자. 인기가수 조영남이 부른 〈화개장터〉라는 좋은 노래가 있지 않은가.

전라도와 경상도를 가로지르는
섬진강 줄기 따라 화개장터엔
아랫마을 하동사람 윗마을 구례사람
닷새마다 어우러져 장을 펼치네
(…)
오시면 모두 모두 이웃사촌
고운 정 미운 정 주고받는
경상도와 전라도의 화개장터

이런 마음이 쌓여 서로의 동질성이 확인되고 마침내 굳게 잠긴 지역의 빗장이 풀어지는 것이다. 이 과업은 반드시 우리 세대가 완수해야 하고 절대로 다음 세대에까지 물려줘서는 안 된다. 고질적인 지역병을 치료할 줄기세포 연구는 언제쯤 완성될 것인가.

— 《중앙일보》, 2005. 6. 29.

고독한 판관(判官)을 기대한다

살다 보면 어딘지 모르게 범할 수 없는 기품이 느껴지는 사람이 있다. 그런 사람들 앞에 서면 저절로 머리가 숙여지고, 그 여운과 향기가 뒷날까지 오래 남는다.

그러나 오늘날 나라를 책임진 정권부터가 품위 상실증에 걸린 탓일까, 기품 있는 인사가 드물고 이에 따라 사회 전반이 거칠고 상스러워져 가는 느낌을 지울 수 없다.

우리 법조계도 예외가 아니다. 아니 한술 더 뜬다. 사법부의 높은 분이 다른 법조 직역(職域)을 마구 비하하는 발언을 하여 평지풍파를 일으키고, 검사가 피의자에게 불리한 진술을 강요하는 원색적 대화가 녹음되어 공개되기도 했다. 고위 법관이 브로커와 관련된 비리 혐의로 구속되는가 하면, 급기야 변호사가 백주대로에서 골프장 사장을 납치하는 데 앞장서는 등 해괴한 일들이 연달아 터졌다.

물론 이런 사람들은 법조인 가운데 극히 일부이고, 주변에 존경을 받는 법조인도 적지 않다. 문제는 평소에도 법조에 대한 일반의 인식이 그리 좋지 못한 터에 이런 몇몇이 법조 전체의 품격을 여지없이 망가뜨리고, 사법에 대한 불신을 증폭시키고 있다는 사실이다. 그로 인한 피해는 고스란히 국민의 몫이 된다.

최소한 나라의 지도자들만이라도 좀 더 기품 있는 분들이 되었으면 좋겠고 법조, 특히 법관이나 검사 등 소위 판관(判官)의 경우는 더욱 그러하다. 그들은 남의 잘못을 다스리거나 시비를 심판하는 사람들이다. 사회는 그들에게서 보통을 넘어서는 품격을 기대한다. 그들의 모습이 시정잡배와 조금도 다를 바 없다면 누가 그 권위와 판단을 수긍하겠는가.

우선 판관은 공사(公私)생활 간에 말을 아끼는 것이 좋다. 대체로 말이 많은 사람은 좀처럼 신뢰가 가지 않는다. 법정(法頂) 스님의 말씀처럼 말의 의미가 안에서 여물 수 있도록 침묵의 여과기에서 거르는 과정이 필요하다. 특히 사건 관계인은 판관의 말 한마디 한마디에 일희일비(一喜一悲)하면서 촉각을 곤두세우고, 순박한 국민은 그들의 말을 곧 법으로 여긴다. 그렇기에 판관의 말은 천금의 무게를 가져야 한다. 검사는 공소장만으로 말하고, 판사는 판결문만으로 말한다는 법언(法諺)도 이런 맥락에서 연유한 것이리라. 더구나 저잣거리에서나 쓰는 막말, 지혜는 부족한데 소신만 가득 찬 말, 쓸데없이 남에게 상처를 주거나 부아를 지르는 말은 지도자들이 입에

담을 일이 못 된다.

둘째, 판관은 가난을 견뎌낼 수 있는 체질을 갖춰야 한다. 그것이 싫으면 과감히 옷을 벗고 변호사를 하거나 사업을 시작할 일이다. 권력과 명예를 가진 사람이 부(富)까지 차지하겠다는 것은 지나친 욕심이다. 세상인심이 그런 것까지를 용납하지 않는다. 이런 이치를 거슬러 패가망신하는 공직자가 얼마나 많은가. 가난하면서도 품위를 잃지 않는 우리의 전통적인 선비정신이 오늘날에도 절실하다.

끝으로 판관은 사람을 가려 사귈 수 있는 혜안(慧眼)을 가져야 한다. 마음의 형평과 판단에 나쁜 영향을 미칠 소지가 있는 사람들과는 거리를 두어야 한다. 특별한 용건 없이 판검사에게 접근하여 환심을 사려는 사람 치고 문제아 아닌 사람이 없다. 지난날 많은 '게이트'의 주인공이 그런 사람들이었다. 판관은 본래 고독한 직업이다. 외롭게 사는 데 이골이 나야 한다. 온갖 사람들과 접촉하면서 세상 재미 다 보고 살 수 없는 것이 판관이라는 자리다.

오늘날 법조가 진정한 권위와 품격을 복원하는 일은 절체절명의 과제다. 법조인 한 사람 한 사람이 사고와 언행을 신중히 하는 한편 과욕을 버리고 외로움을 잘 견디면서 묵묵히 본연의 업무에 전념하는 것이 필요하다. 그렇게 한다면 구태여 판사실 복도에 차단문을 설치하는 것과 같은 유치한 방법을 쓰지 않더라도 법조의 영광을 되찾을 날이 반드시 올 것이다.

— 《중앙SUNDAY》, 2007. 4. 8.

핏줄의 긍정적 힘 확인한
조승희 사건

미국 버지니아공대 총격 사건의 범인이 한국계 학생이라는 사실이 알려진 순간 가슴이 쿵 내려앉는 놀라움에 이어 바로 떠오른 것이 참으로 부끄럽다는 생각이었다.

솔직히 우리는 범인 조승희가 되도록 한국과 인연이 먼 사람이기를 바랐다. 제발 한국 국적자가 아니었으면, 하다못해 최근에 갓 유학 간 학생만이라도 아니었으면 했다. 그가 이민 1.5세대라는 것이 밝혀지자 이민자는 사실상 미국 사람이 아니냐, 정신적으로 황폐해진 한 개인의 범행일 뿐 한국인이 집단적으로 미안해할 일은 아니지 않느냐는 주장들이 나왔다.

따지고 보면 맞는 말이다. 그럼에도 불구하고 많은 한국인은 자괴감(自愧感)과 죄책감에서 벗어나지 못한 채 한동안 가슴앓이를 했다. 왜 그랬을까?

한국인은 천생적으로 법보다 핏줄을 중시하는 민족이다. 지구 반대편에서 미국 선수로 뛰는 박찬호나 위성미를 응원하며 티브이 앞에서 밤을 지새운다. 하인스 워드가 팀을 우승으로 이끌었을 때 우리는 열광했고, 그의 인간 승리 스토리에 눈시울을 적셨다. 그에게 50% 한국인의 피가 흐르고 있기 때문이다.

이번 조승희 사건을 강 건너 불 보듯 하지 못하고 속을 끓인 것도 이 핏줄 때문이었다. 사건이 터지자 미국의 한인사회는 물론이고 노무현 대통령을 비롯해 각계 인사가 나서 마치 스스로의 잘못인 양 유감을 표하고 용서를 빌었다. 이태식 주미 한국대사는 한인사회에 32일간의 단식을 제의하기까지 했다. 이런 움직임에 대해 과잉 반응이라는 싸늘한 지적도 있었다. 그러나 나는 이번에 보여준 그들의 행동이 진심에서 우러나온 것이고, 그들이 켜 든 추모의 촛불이 순수한 것임을 믿는다.

이 촛불은 5년 전 효순·미선이 사건 때의 촛불과는 사뭇 다르다. 조승희와 비슷한 또래였을 어느 미국 병사가 훈련 중에 실수로 저지른 교통사고를 고의적인 살인으로 몰아붙이면서 참혹한 시신의 사진을 돌리고 성조기를 불태우고 미군 철수를 외쳤을 때 그 촛불에는 증오가 함께 타오르고 있었다. 두 여중생을 애도하는 마음은 멀리 밀려나 있었다.

이번 사건이 터졌을 때 많은 미국인이 조용히 촛불을 켜 들었다.

주눅 들고 공포에 질렸던 현지의 한인사회, 그러나 미국인은 그들에게 돌을 던지지 않았다. 시신의 사진을 돌리거나 태극기를 불태우지도 않았다. 오히려 버지니아공대 학생회관의 추모 게시판에는 사건과 관련된 10여 개국의 국기 사이에 태극기도 함께 있었다. 학생회는 한국인이 보여준 위로와 애도에 감사하는 내용의 이메일을 우리 대사관에 보내왔다. 교정에 세워진 33개의 추모석, 그중 하나는 범인 조승희를 위한 것이었다.

무엇이 미국인을 이렇게 만들었을까. 집단의 일과 개인의 일을 분별하는 사고방식도 작용했을 것이다. 그러나 LA 폭동 때 그들이 한인에게 가했던 끔찍한 폭력을 상기한다면 그들의 마음을 움직인 또 다른 요인이 있을 것이다. 나는 이 사건 이후 태평양 이쪽과 저쪽에서 한국인이 보여준 사죄와 추모의 진심이 통했기 때문이라고 생각한다.

우리 민족의 유별난 집단의식이나 핏줄주의에는 문제점이 많다. 하지만 그것이 다른 집단에 대한 무조건적인 배척과 증오가 아니라, 같은 겨레로서 연대의식에 따른 반성이나 책임감의 모습으로 나타나는 것이라면 결코 탓할 일이 아니라고 생각한다.

이번 사건으로 33명의 고귀한 생명을 잃고 두 나라 국민의 가슴에 깊은 상흔을 남겼지만, 비싼 대가를 치르면서 얻은 것도 있다. 어쩔 수 없는 핏줄 때문에 함께 자책하며 괴로워했던 한국인의 마음, 그리고 원망을 삭이면서 조승희를 위해 한 개의 촛불을 더 밝힌 미국인의 마음, 이런 따뜻한 마음을 확인할 수 있었던 것이 그중 하나다.

— 《중앙SUNDAY》, 2007. 5. 6.

과거는 역사 속에 묻자던
덩샤오핑(鄧小平)

며칠 전 '진실·화해를위한과거사정리위원회'는 정수장학회의 전신인 부일장학회의 국가 헌납이 공권력에 의해 강요된 일이라고 규정하고 국가가 피해자들에게 배상할 것을 권고하는 결정을 내렸다. 이러한 결정에 대해 두 가지 문제점을 지적하지 않을 수 없다.

우선, 부일장학회의 헌납 경위에 관해 수많은 이해관계자 사이에 첨예한 다툼이 있어 왔고 그 귀추에 따라 권리관계가 달라지는 복잡한 법적 문제를 내포하고 있다. 이런 법률적 분쟁의 사실인정 및 법률판단은 마땅히 사법부에 맡겨져야 한다.

둘째, 이 사건은 야당의 유력한 대선후보 경선주자와 깊은 관련이 있다. 대통령 선거는 반년 앞으로 다가와 있고 이 사건 결정을 하던 날 마침 경선주자들 간에 첫 번째 토론회가 열렸다. 왜 하필 이런 시기에 이런 결정을 발표하는지 많은 사람이 의혹의 눈초리를 보내고 있다.

우리나라에 좌파정권이 들어선 이래 과거의 일들을 캐기 위해 만들어진 위원회가 10개가 넘는다. 거기에 들어가는 예산만도 연간 약 2,000억 원. 그토록 많은 혈세를 축내면서 그들이 지금 모두 무엇을 하고 있는지 모르겠다.

앞에서 언급한 과거사위원회는 장·차관급 상임위원 5명을 포함해 192명의 인원에 119억 원의 예산이 책정되어 있는 방대한 기구다. 그것도 모자라 지난 4월 다시 인원과 예산을 대폭 늘렸다. 법에 정해진 활동기간은 4년, 이미 1년 반 가까운 세월이 지났지만 위원회가 조사키로 한 총 9,154건 중 결정을 내린 사건은 10여 건에 불과하다. 앞으로 몇 건이나 더 처리할 수 있을까.

이 위원회는 과거사의 진실규명을 표방한다. 그러나 대상사건 중 절대 다수인 7,500여 건은 6·25 전후의 민간인 사망사건이다. 이미 반세기가 지나 당시 상황을 알 만한 사람들은 거의 다 세상을 떠났고 자료도 남아 있지 않다. 더구나 전쟁이라는 상황은 일종의 광기(狂氣)를 동반한다. 네가 죽지 않으면 내가 죽어야 하고, 밤낮에 따라 적과 동지가 서로 바뀌기도 한다. 이러한 광기와 부조리를 평화시의 살인 사건 다루듯 규명하려 든다면 결코 진실에 접근할 수가 없다.

위원회는 또 화해를 말한다. 그러나 편 가르기라면 몰라도 화해나 통합에 관한 한 현 정권은 할 말이 없다. 반세기 전, 한 세기 전의 암울했던 일들을 다시 들추어 상처를 덧나게 하는 것이 화해의 길인가? 살해된 사람만도 2,000만 명이 넘는다는 중국의 문화혁명. 그 와중에서 덩샤오핑(鄧小平)은 온갖 고초를 겪으면서 가까스로 목숨을 건졌다. 후일 다시 권좌에 올랐을 때 그는 격렬히 과거사 규명을 요구하는 국민들에게 문혁은 하나의 국가적 재앙일 뿐이니 모두 역사 속에 묻어버리고 앞으로 나가자고 호소했고 국민들은 승복했다. 오늘날의 중국은 바로 덩샤오핑의 그러한 결단에 힘입어 이룩된 것이다. 이처럼 진정한 화해는 과거가 아니라 미래에 대한 희망 속에서 얻어지는 것이다.

그래서 제의하고자 한다. 아무런 생산성도 없이 갈등만 조장하는 여러 과거사 기구의 역량을 빠른 시간 안에 과거사 규명이 아닌 미래사 창조에 돌려 쓰자. 그것이 영 섭섭하다면 수많은 과거사 기구를 한 개로 통합하되, 그 규모와 대상사건을 극소화하고 시한 없이 여유 있게 문제를 풀어나가도록 하자. 한시적 기구의 강박감과 편향적 오류를 최소화하기 위해서다.

대체로 좌파정권은 역사에 맡겨야 할 사항, 시장(市場)에 맡겨야 할 사항, 사법부에 맡겨야 할 사항까지 모두 권력으로 통제하려 들고 또 끝없이 시빗거리를 만들어낸다. 그들에게 일독을 권하고 싶은 글이 있다.

누가 옳고 누가 그른가

모두가 꿈속의 일인 것을

저 강 건너가면

누가 너이고 누가 나인가

누구나 한 번은 저 강을 건너야 한다

나 또한 다를 바 없어

곧 바람 멎고 불 꺼지리라

꿈속의 한평생을

탐하고 성내면서

너다 나다 시비만을 일삼는가

구한말 경허(鏡虛) 스님의 말씀이다.

—《중앙SUNDAY》, 2007. 6. 3.

끝내기 훈수

연말 대통령 선거를 치르고 나면 노무현 대통령의 역할도 사실상 마감된다. 그러고 보면 남은 기간은 겨우 반년, 이제 정말 막바지에 이르렀다. 지난 4년 수개월의 세월은 대통령이 사회의 여러 분야와 수시로 대립각을 세워 불협화음이 그칠 날이 없었다. 국민들은 답답하고 고달팠지만 대통령도 무척 힘들었을 것이다. 이런 모습으로 임기를 마쳐서야 되겠는가. 새삼스레 대량 득점을 하기 어렵다면 최소한 추가 실점만이라도 막을 방도를 찾아야 한다.

우선 마음만 먹으면 당장 실천할 수 있는 일이 하나 있다. 대통령이 말을 아끼는 것이다. 지난날 대통령은 특정인 또는 특정집단에 대해 증오나 비아냥조의 말, 공격적이고 가시 돋친 말을 서슴지 않아 그들을 서럽고 아프게 했다. 또 때와 장소를 가리지 않고 품위 없는 막말을 마구 쏟아냈다. 그럴 때마다 언론이나 여론의 집중포화를 맞아 스스로도 큰 상처를 입었고 지지율은 떨어졌다. 참으로 백해무익한 일이 아닌가. 그가 유달리 즐겨 하는 '공개토론'은 널리 의견을 듣고 뜻을 모으기 위한 것이 아니라 자신의 주장을 관철하고 강행하기 위한 요식행위일 뿐이었다. 남은 기간에는 이런 자세를 풀고, 나라의 어른답게 진지하면서도 품위 있는 말, 국민에 대한 존경과 사랑과 축복이 담긴 말을 하면 좋겠다.

다음으로, 지난 일을 차분히 점검하고 마무리하는 데 전념해 주기 바란다. 신규로 대형사업을 벌이거나 장기정책을 세우거나 기존 정책을 뒤흔들거나 할 시기가 아니다. 그런 것은 후임자의 몫이다. 어느 자리에선가 대통령은 다음 정권이 자신의 방침을 변경하지 못하도록 단단히 '대못질'을 해놓겠다고 장담했지만 그것이 과연 희망과 같겠는가.

같은 맥락에서 대통령은 다가오는 대선 과정에 깊이 발을 들여놓지 말기를 권한다. 우리나라 대통령의 영향력은 거의 절대적이다. 그런 대통령이 직접 선거에 뛰어들어 누구는 되고 누구는 안 된다며 편드는 것은 곧바로 선거의 공정성을 위협한다. 선진국처럼 대통령의 선거개입을 허용할 수 있으려면 우리의 민주역량이 성숙하기를 기다려야 한다.

최근에 대통령이 '자연인 자격'으로 제기했다는 헌법소원만 해도 그렇다. 헌법기관인 중앙선관위로부터 몇 차례나 위법행위라는 판정을 받고서도 이를 깔아뭉개듯 반복하는 것이 과연 법치국가의 대통령이 할 일인가. 공권력의 정점에 있는 대통령이 공권력에 의해 자신의 기본권을 침해받았다고 주장하면서 재판을 거는 것이 상식과 순리에 맞는 일인가. 이야말로 법을 좀 아는 식자(識者)의 우환(憂患)이 아닐는지.

마지막으로 임기 말의 대통령이 흔히 빠지기 쉬운 유혹, 즉 퇴임 후에도 자신의 영향력을 계속 유지하려는 생각을 떨쳐버리는 것이 좋겠다. 권력이 다해갈 때의 허탈함과 두려움을 왜 모르겠는가. 그러나 그는 대통령을 지낸 사람이다. 무엇을 더 바라고 무엇을 더 탐할 것인가. 지난날 전임자들은 임기 후 자신을 지켜줄 안전판 마련에 부심했지만 모두가 헛된 꿈으로 돌아갔다. 권력의 세계에서 누가 누구의 안전을 보장해 줄 수 있다는 말인가.

지금은 새로운 것을 얻고자 애태울 때가 아니라 가진 것을 버리는 연습을 해야 할 때다. 그래야만 떠날 때의 미련이나 회한, 분노를 삭일 수 있다. 미국의 지미 카터 전 대통령, 그는 퇴임 즉시 고향 플레인스로 낙향해 유유자적 행복한 노후생활을 보내고 있다. 그래서 그는 오히려 퇴임 후에 미국인의 사랑을 받고 있다.

이제 시간이 많지 않다. 우리 역사에 또 한 사람의 존경받지 못하는 전직 대통령이 추가 되어야 쓰겠는가. 더 이상 자신을 아집이나 이념의 창틀에 가두지 말고 국민을 향해 가슴을 열어야 한다. 좋은 소리를 들으면서 청와대를 떠날 수 있기를 바란다. 권력의 끝을 잘 마무리하는 것은 권력을 잡는 일에 못지않게 중요한 일이다.

— 《중앙SUNDAY》, 2007. 7. 15.

늦여름을
더욱 덥게 만드는 이들

여름휴가로 며칠간 산속에 들어가 신문도 티브이도 보지 않고 휴대전화마저 꺼버렸더니 모처럼 세상이 조용했다. 서울로 돌아온 날 저녁 어느 병원 영안실에 문상을 갔다가 우연히 두 사람의 국회의원과 합석했다. 그들은 각기 반대되는 캠프에 줄을 서고 있는 모양으로, 앉자마자 서로 가시 돋친 대화를 주고받더니 이내 고성과 언쟁으로 발전했다. 상가의 막소주 몇 잔과 격양된 감정으로 핏발 선 그들의 눈에서 짙은 적의가 내비쳤다. 장소도 장소고 주위의 시선도 따가웠지만 그들의 언쟁은 한동안 계속됐다.

그러고 보니 정치하는 사람들은 휴가도 없이, 많은 시민이 떠나버린 무더운 도회에서 그들만의 싸움을 계속해온 모양이다. 무슨 X파일이니, 어느 동네 땅이니, 아무개 목사 관련이니, 하나같이 역정나는 묵은 문제들이 다람쥐 쳇바퀴를 돌고 있었다.

언제부터인지 우리 선거풍토에 정책대결은 실종돼 버렸다. 누가 어떤 정책을 가지고 있는지, 그것이 상대방과는 어떻게 다른지, 이런 문제는 중요 관심사가 못 된다. 더러 신문에 쌍방의 주장을 비교하는 도표 따위가 보도되기도 하지만 그 차별성도 진지성도 공허하기만 하다. 토론회나 합동연설회는 흔히 쌍방 지지자들 간의 고성과 먹살잡이가 더 크게 부각될 뿐이다.

선거운동도 '내가 이렇게 잘 하겠으니 나를 찍어 달라'고 호소하기보다는 '저쪽이 저렇게 나쁜 사람이니 찍어서는 안 된다'는 소위 네거티브 캠페인이 주류를 이룬다. 선거의 속성상 상대방에 대한 어느 정도의 비난과 비판은 불가피하겠지만, 거기에도 금도와 한계가 있어야 한다. 이 한계를 넘어 주객이 전도되면 정치가 품격을 잃고 추악해지고 만다. 더구나 아무런 근거도 없이 무조건 떠들어 놓고 아니면 그만이라는 식의 작태가 지금도 횡행한다. 지난 대선 때의 가증스러운 김대업 사기극을 기억하고 있는 우리가 또다시 이런 것에 말려들어서는 안 된다. 한 번 속으면 속인 사람이 부끄러워해야 하지만 두 번 이상 속으면 속은 사람이 부끄러워해야 하지 않겠는가.

걸핏하면 명예훼손 따위로 고소·고발을 일삼는 모습 또한 좀스럽다. 그런 것은 대권을 놓고 건곤일척의 대전을 벌이려는 사람들이 할 일이 못 된다. 가사 아랫사람들이 그런 짓을 하려고 들어도 야단쳐 못 하게 해야 한다. 또 이러한 고소·고발에 검찰이 기다렸다는 듯이 무슨 특수부 인력을 대거 동원해 수사에 나서는 것이 지혜로운 일인지도 의문이다. 기왕에 수사를 시작한 검찰로서는 가장 이른 시간 내에 가부간 명쾌한 결론을 내려야 할 것이다. 과거처럼 수사를 질질 끌어 그것이 선거 결과에 어떤 영향을 미친다면 검찰은 또 한 번 씻지 못할 과오를 범하게 된다.

다른 한편에서는 선거 때마다 일회용 정당을 급조하는 병이 이번에도 영락없이 도졌다. 분간하기도 어려운 여러 갈래의 사람들이 탈당·합당·재탈당·창당 등 갖가지 기이한 체위를 구사하며 여름 내내 세상을 시끄럽게 했다. 그러다가 며칠 전 그들이 만들어낸 무슨 통합신당인가의 실체를 들여다보니, 그것은 국민으로부터 버림받아 존립의 위기에 처한 권력 주변 세력들이 성형수술로 얼굴을 뜯어고치고 간판을 바꾸어 다는 한판의 깨춤에 불과했다. 이런 것이 21세기 한국 정당정치의 현주소다. 도대체 이 사람들은 정당을 무슨 소모품쯤으로 알고 있는가. 그러면서도 이들은 서로를 언필칭 '당원동지'라고 부르는데 이들이 같이하는 뜻은 과연 어떤 것일까. 더구나 그 안에는 20명도 넘는 올망졸망한 사람이 '대권주자'를 자처하고 있다. 필경 지금부터 티브이마다 그들의 신물 나는 얼굴 내밀기 경쟁과 전방위 비난·비방전이 전개될 것이다.

이래저래 이 늦여름은 더욱 덥고 더욱 답답할 모양이다. 철새처럼 이리저리 몰려다니고 남 욕하는 일을 정치인 양 착각하는 무리들은 언제쯤이나 사라질 것인가. 더러는 상대방을 좀 칭찬할 줄도 알고 중간 중간 유머도 좀 구사할 줄 알면서도, 결연하고 일관된 자세로 국민을 아우르고 그들에게 한 줄기 시원한 바람을 넣어줄 그런 지도자는 어디에 숨었을까. 이런 기다림은 한여름 밤의 꿈일 뿐인가.

— 《중앙SUNDAY》, 2007. 8. 12.

지금은 그들을
위로할 때

꼭 일주일 전 인천공항으로 돌아온 탈레반 피랍자들은 여지 없이 주눅 들어 있었다. 40여 일간의 고초와 그 후유증 때문만은 아니었다. 국민들의 싸늘한 시선, 풀려난 이후 더욱 세차게 쏟아지는 비난 여론의 무게가 그들을 짓눌렀을 것이다.

이번 사건을 둘러싼 비난은 두 갈래다. 하나는 교회에 대한 것이고, 다른 하나는 정부를 향한 것이다.

먼저 한국교회의 경쟁적이고 공격적인 해외 선교활동이 집중 포화를 맞았다. 정부의 강력한 경고를 무릅쓰고 위험 국가에 갔다가 변을 당했으니 무슨 할 말이 있느냐, 국민들의 가슴을 졸이게 했고 적지 않은 혈세까지 축내도록 하지 않았느냐는 것이다. 일부 네티즌은 익명성 뒤에 숨어 입에 담지 못할 악담을 쏟아냈다. 이번 사태의 제1차적 책임은 분명 교회의 몫일 수밖에 없다.

그러나 절대가치를 추구하는 종교의 특성을 조금은 이해할 필요가 있다. 신앙인들은 그들의 믿음과 교리를 최상의 가치로 여기고, 그 밖의 모든 세상사는 여기에 종속시킨다. 역사에서 보듯 때로는 목숨까지도 주저 없이 내던진다. 이것이 바로 신앙의 신비다. 그들의 행동을 모험주의 또는 실적주의라고 한마디로 매도해버릴 수 없는 이유다.

여기서 간과되어서는 안 될 또 하나의 중요한 측면이 있다. 내가 나의 종교를 소중하게 여기는 것처럼 다른 사람들도 그들의 종교를 소중하게 여긴다는 점이다. 탈레반이라 하여 다르지 않다. 그들은 악명 높은 테러집단이지만 이슬람 신앙을 생명처럼 여기고 사는 사람들이다. 선교활동에서 이런 점을 충분히 감안해야 한다.

자신의 신앙을 제외한 다른 종교는 모두 '마귀'의 무리라고 공언하고, 이교도 한 명을 개종시키는 것은 일반인 열 명을 입교시키는 것과 맞먹는다고 말하는 사람도 있다. 석가모니가 깨달음을 얻고 처음으로 설법을 하였다는 인도 사르나트(녹야원)에까지 몰려가서 찬송가를 불러대는 극성 한국인들도 있다. 이처럼 독선적이고 정복주의적인 선교방식은 이제는 더 이상 통하지 않음을 알아야 한다.

다음으로 이번 사태에 임하는 정부의 대응자세가 뭇매를 맞았고 좀처럼 수그러들 기미를 보이지 않는다. 테러집단과 직접 협상하지 않는다는 국제관례를 정부가 깨뜨렸다. 한국군 철수 등 협상카드를 너무 일찍 빼들었고 그들의 요구에 너무 많이 굴복했다. 그래서 앞으로 더 많은 한국인이 납치의 표적이 될 수밖에 없지 않느냐는 등등의 비판이다. 거액의 금전 거래설은 확인할 길 없는데도 기정사실처럼 받아들여지고 있다. 심지어 우리 정보기관의 총수가 현지에서 언론에 노출되고, 나아가 그의 활동을 무용담처럼 홍보하는 웃지 못할 해프닝까지 연출되었다.

이런 비판과 지적은 모두 일리 있지만 그럼에도 불구하고 이번만큼은 우리가 정부의 입장을 헤아려보고 넘어가야 하지 않을까 생각한다. 이역(異域)의 험난한 산악지대에 20여 명의 국민이 납치되어 있다. 그중 두 명의 인질이 차례로 무참히 살해되어 길섶에 버려지고 나머지에 대해서도 추가적 살해를 공언하는 상황이다. 몇몇 외국 정부에 도움을 요청했지만 모두 고개를 흔든다. 마치 외딴집에 살인강도가 든 것처럼 그야말로 속수무책이다. 사람의 생명은 비길 데 없이 소중한 것이고, 위험에 처한 국민의 생명을 보호하는 일은 정부의 원초적 임무다. 이번에 우물쭈물하다가 더 많은 희생자가 났더라면 정부의 무능에 대한 비난은 지금 정도가 아니었을 것이다. 황망(慌忙) 중에 정부의 대처방법에 다소의 무리가 있었고 국력도 적지 않게 소모됐지만 그래도 19명의 귀중한 생명을 건졌다. 이 점이 평가절하되어서는 안 된다.

마침내 그들이 돌아왔다. 지금 당장은 사지에서 돌아온 그들을 반기고 위로하자. 이번 일과 관련된 갖가지 문제점이 본격적으로 심도 있게 검토되어야 하겠지만, 그것은 시간이 좀 더 지나고 모두가 냉정을 되찾은 뒤에 하더라도 늦지 않을 것이다.

―《중앙SUNDAY》, 2007. 9. 9.

신정아와
그 주변 사람들

마침내 신정아 씨와 변양균 씨가 검찰에 구속됐다. 여자와 권력과 돈, 호기심을 자극할 만한 요소를 다 갖춘 까닭에 지난 2개월여 동안 사람이 모이는 곳이면 빠짐없이 화젯거리로 등장했던 사건이다. 그러나 이 사건은 한때의 안줏거리로 삼다가 잊어버려도 좋을 만큼 간단하지가 않다. 신 씨와 변 씨, 두 주인공은 말할 것도 없고, 이들을 둘러싼 학계·종교계·예술계·관계·재계 등 온갖 분야에 걸친 지도급 인사들의 위선과 방종과 비리가 총체적으로 뒤엉켜 우리 사회를 뒤흔든 사건이다. 여기에 중요 국가기관의 경솔함과 무책임이 보태어져 사태의 심각성을 증폭시켰다.

먼저 가짜 행각으로 대학교수도 되고 미술감독도 되고, 최고위급 공직자의 혼을 송두리째 빼앗기도 한 신정아 씨. 도대체 어디까지가 진실이고 어디부터가 가짜인가. 그 작은 여인이 저지른 엄청난 일을 보면서 여자란 참 무서운 존재라는 생각을 떨칠 수 없다.

그리고 변양균 씨. 그는 장·차관을 거쳐 청와대 제3인자에까지 오른 인물이다. 그런 사람이 한 여인과의 사련(邪戀)에 빠져 그녀가 원하는 일이라면 그것이 특정 직위가 되었건, 국가예산이 되었건, 압력행사가 되었건 가리지 않고 발 벗고 나섰다. 불과 한 달여 전까지 그는 "공무원 30년을 바르게 살아온 사람"이라고 강변해온 터였다.

대통령과 청와대 사람들, 그들은 경솔했다. 변양균 씨 관련 의혹이 터져 나오자마자 대통령은 "깜도 안 되는", "소설 같은 이야기"라며 한칼에 무질러 버렸다. 청와대 대변인은 마치 변 씨 개인의 대변인인 양 연일 티브이에 나와서 그를 감싸기에 급급했고, 언론보도에 법적조치까지 들먹였다. 사람을 잘 가려 등용하는 능력은 통치권자의 필수요건이다. 또한 가볍게 말을 내뱉었다가 황급히 거둬들이는 것은 바람직한 지도자의 모습일 수 없다.

검찰은 처음 이 사건 수사에 안이했다. 초동에 30여 일간 수사를 미적거렸다. 3주 전 겨우 몇 가지를 엮어 청구한 구속영장은 기각되고 말았다. 공휴일까지 반납하면서 부랴부랴 수사를 보강해 간신히 영장을 받아내기는 했지만 시종일관 사건의 무게를 감당하지 못하는 느낌을 지울 수가 없다. 대한민국에서 가장 유능하고 힘 있는 검찰 조직이 아닌가.

당초 신정아 씨에 대한 영장이 법원에서 기각되리라고 예견한 사람은 아무도 없었다. 스스로도 구속을 각오하고 실질심사마저 포기한 신 씨 자신이나 그 변호인조차 뜻밖의 소식에 한동안 어리둥절했다고 한다. 물론 법원으로서도 자기 논리가 있고 전하고자 하는 메시지도 있었을 것이다. 그러나 법은 건전한 상식과 일반의 법감정을 떠나 별세계에 홀로 존재하는 것이 아니다. 신 씨는 나라를 뒤흔든 중대한 범죄 사건의 핵심 인사다. 또 난마처럼 얽혀 있는 관련 사건의 전모를 밝히는 데 열쇠를 쥐고 있는 사람이다. 이런 점은 별로 고려 대상이 되지 못했다.

대형 사건의 경우 주된 피의자가 구속되면 그것으로 수사의 큰 단락이 지어지는 것이 통례다. 신 씨는 영장이 기각되어 수사가 장기화됨으로써 많은 피의사실이 추가되었고 연이은 소환 등으로 피의자 스스로도 고초를 겪었다. 아니 할 말로 영장 기각이 언제나 피의자의 방어권을 보장하는 것일까. 나아가 가짜 인생을 살아온 그녀에게 증거인멸의 우려가 없다고 한다면 수긍이 가겠는가.

언론은 이번 수사를 촉진하는 데 한몫한 것이 사실이지만 고질병인 선정성 보도는 변함이 없었다. 심지어 사건과 전혀 무관한 나체 사진을 대문짝만 하게 보도하면서 언필칭 국민의 알 권리를 내세웠다. 하지만 자기 아내도 아닌 다른 여인의 벗은 몸을 알 권리가 누구에게 있단 말인가.

시도 때도 없이 도덕적 우위를 자랑해온 현 정권, 그 핵심에서 심각한 도덕적 해이와 난맥상이 드러났다. 말기에 이른 권력 내부에 자정장치도 점검장치도 모두 고장 나 작동하지 못했다. 두 사람이 구속되는 쓸쓸한 장면을 보면서 지금 우리 사회의 구석구석에 얼마나 많은 신 씨와 변 씨류의 사건이 잠복해 있을까 생각하니 왠지 불안하기만 하다.

—《중앙SUNDAY》, 2007. 10. 14.

배반의 계절

가을이 깊었다. 시인 김현승은 "가을에는 기도하게 하소서"라고 간구했다. 그렇다. 가을은 차분히 사색하고 기도하고 또 거두는 계절이다. 하지만 올가을은 영 그렇지 못하다. 상식과 이치에 반하는 해괴한 일들이 연발하면서 왠지 세상이 공중에 뜬 듯 불안하다. 1980년대 초 프랭크 페리 감독이 만든 명화 〈배반의 계절〉, 그 영화 제목처럼 혹시 지금 우리가 배반의 계절에 살고 있는 것은 아닐까?

그 첫 번째는 단연 이회창 씨의 대선 출마 선언이다. 그는 한나라당을 창당한 장본인으로 대선에 나가 두 번이나 낙선했다. 그 책임을 지고 눈물을 흘리며 정계은퇴를 선언했다. 그동안 우리는 좌파정권 아래서 '잃어버린 10년'을 겪어야 했다. 낙선 뒤 그는 외곽을 맴돌았다. 길고도 험난했던 한나라당의 경선과정에 불참했음은 물론

한 방울의 땀도 보태지 않았다.

그러던 그가 선거일을 불과 40여 일 앞두고 느닷없이 탈당, 출마를 선언한 것이다. 경선에서 뽑힌 이명박 후보가 50% 이상의 지지를 받으면서 선전하고 있는 마당이다. 당초의 명분은 이명박 후보의 지지율 감소나 유고에 대비한 이른바 '대타용 출마'라는 것이었다. 동서고금에 들어보지 못한 희한한 명분이다. 그러다 최근에는 '좌파정권 교체'를 표방하고 나왔다. 그러나 좌파정권을 교체하는 가장 확실한 방법은 우파의 분열을 가져오는 그의 출마가 아니라 반대로 그가 가만히 있는 것이다. 과거 그는 법과 원칙을 중시하는 대쪽 같은 사람으로 불리어 왔다. 그러나 무쪽같은 사람도 이런 일은 하지 않을 것이다.

그런가 하면 이명박 후보 측은 경선에 패배한 박근혜 전 대표 측을 껴안지 못했다. 원래 패자에게는 상당 기간 승자에 대한 감정의 앙금이 남기 마련이다. 이런 앙금을 풀어주고 패자를 포용하는 것은 전적으로 승자의 몫이다. 또 그것은 지도자의 필수 자질이기도 하다. 방방곡곡의 유권자들을 찾아다니는 것도 좋지만 한 여성의 마음을 얻는 것이 현시점에서 훨씬 효율적인 득표 방법임을 왜 모르는가. 지금이라도 핵심 자리를 대폭 그들에게 양보하고 몇 날 며칠 대문 앞에 멍석 깔고 빌어서라도 섭섭한 마음을 달래줘야 한다. "결코 좌시하지 않겠다"는 따위의 협박은 우수수 표를 떨어지게 할 뿐이다.

또 이상한 일이 있었다. 검찰을 거쳐 삼성그룹의 법무팀장으로 근무한 어느 변호사가 그룹의 비자금 조성 등 엄청나고 많은 일을 폭로했다. 사태가 이렇게 된 이상 그 주장의 진위가 반드시 규명되어야 한다는 점에는 이론이 있을 수 없다. 하지만 그 동기에 많은 사람이 의문을 표한다. 보도에 의하면 그는 회사에 근무한 7년간 총 100억 원이 넘는 어마어마한 보수를 받았고 퇴임 후에도 최근 3년간 매월 2,000만 원씩을 받아왔다고 한다. 그는 언필칭 '양심고백'을 표방했지만 자신이 온갖 혜택을 받으며 몸담았던 조직에 비수를 꽂는 모습에서 우리는 별반 양심의 향기를 느끼지 못한다.

그 밖에도 많다. 국세청 내에서 어제까지만 해도 가까운 부하였던 사람이 수뢰사건에서 총수인 자신을 물고 들어가자 부하를 '궁지에 몰린 정신 나간 사람'으로 몰아붙이다가 결국 최초로 현직에서 구속되고 만 국세청장도 있고, 재직 중의 비자금으로 산 1,000억 원대의 부동산을 두고 친동생과 재산 싸움을 벌이는 전직 대통령도 있다.

좀 부류가 다르기는 하지만 모범적인 가정생활로 호평을 받아오던 연예인 부부가 파경을 맞으면서 폭로전을 벌여 남자는 여자를 간통죄로 고소하고 여자의 입에서는 "결혼생활 11년에 섹스를 열 번밖에 못 했다"는 말이 터져 나왔다. 누구의 표현처럼 이쯤 되면 정말 막가자는 것이다.

신뢰가 배반당하는 수많은 사례들을 보면서 이 사회가 중심축을 잃고 휘청거리고 있다는 느낌을 떨칠 수 없다. 여기에는 국민의 이념과 가치관을 끝없이 뒤흔들어 온 정권의 책임도 크다고 생각한다. 젊은이들이 피로써 지켜온 북방한계선(NLL)을 '땅따먹기 놀음'쯤으로 여기는 사람이 나라를 다스리는 한 우리는 끝없는 배반의 계절에 살게 될 것이다.

— 《중앙SUNDAY》, 2007. 11. 11.

강서구청장과
하남시장

수도권의 기초 자치단체 두 곳에서 며칠 간격으로 각기 다른 성격의 투표가 치러진다. 한두 차례 관련 보도가 있기는 했지만 대통령 선거의 열기에 가려 세인의 관심 밖에 밀려나 있는 일이다. 하지만 한 번쯤 생각해보고 넘어가야 할 측면이 있다.

먼저, 서울 강서구에서는 최근 김도현 구청장의 자격이 상실돼 19일 대통령 선거 때 구청장 재선거가 함께 치러진다. 김 전 구청장의 부인이 지난해 선거를 4개월여 앞두고 명절에 지구당 관계자 9명에게 안동 간고등어 한 손(두 마리)씩을 선물한 일로 벌금 300만 원의 확정 판결을 선고받았기 때문이다.

간고등어 한 손은 1만 300원, 합계 11만 7,000원 어치다. 부인의 처사는 형식상 법에 저촉될 수도 있다. 문제는 명절의 간고등어 몇 손이 선출직 구청장의 직을 박탈할 만큼 무거운가 하는 점이다. 많은 사람이 그 양형(量刑)에 대해 고개를 갸웃거린다. 법의 적용은 엄정해야 하지만 그렇다고 너무 지나쳐서도 안 된다. 지금 우리 중에 스스로 순백하여 그에게 돌을 던질 수 있는 사람이 과연 몇이나 있는가.

김 전 구청장은 1964년 서울대의 6·3 사태를 주도한 것을 비롯해 평생을 민주화 운동에 몸 바쳐 온 사람이다. 많은 역경과 실패 끝에 지난해 지방선거에서 구청장이 됐다. 60대 중반의 나이임에도 의욕적으로 업무를 추진해 왔고 가난한 구청장, '월요편지'를 쓰는 구청장으로 유명했다. 그는 판결 선고 뒤 마지막 '월요편지'에서 "결과적으로 재선거를 치르게 해 대단히 죄송스럽다"는 사죄의 말을 남기고 표표히 공직을 떠났다. 그가 지금 어디에서 무슨 생각을 하고 있을지 궁금하다.

또 다른 하나는 12일 하남시에서 치러질 김황식 시장에 대한 주민소환 투표다. 이 제도는 우리에게 아직 생소하지만, 선출직 공무원을 주민들이 직접 투표를 통해 파면하는 제도다.

김 시장을 소환투표에 부친 이유는 딱 한 가지, 그가 하남시 관내에 화장장을 유치하려 했다는 것이다. 이것 또한 과연 시장을 내쫓을 만한 일이 되는가. 우리의 법은 소환 사유를 구체적으로 규정하지 않고 주민들의 판단에 맡기고 있다. 하지만 나라의 모든 법에는 그것이 지향하는 취지와 정신이 내재해 있다. 이를 무시하면 법의 집행이 맹목에 빠지고 만다. 주민소환제도는 불법·부패 행위를 저지르거나 무능한 공직자를 추방해 지방행정의 민주성과 책임성 그리고 적법성·타당성을 확보하려는 데 취지가 있다. 단순히 일부 주민이나 시민단체가 자신의 이해에 어긋난다 하여 무고한 공직자에게 딴죽을 걸 수 있게 하려는 제도가 아니다.

오늘날 화장률의 폭증과 더불어 화장시설의 부족은 심각한 사회 문제가 되고 있다. 그렇지 않아도 죽음이란 슬픈 일인데 화장장마다 시신이 긴 줄을 이루어 차례를 기다리는 모습에서 우리는 더욱 큰 슬픔을 느낀다.

하남시의 화장장 후보지는 민가와 멀리 떨어진 그린벨트로 주민들의 생활에 별 영향을 주지 않는 곳이라고 한다. 더구나 화장시설은 모두 지하화하고 지상은 멋진 공원으로 꾸미며, 시청·경찰서까지 들어서는 행정타운으로 만들 계획을 세워놓고 있다. 차기 선거를 염두에 두어야 할 민선 시장으로서는 살신성인의 발상이다. 더구나 이 화장장 유치에는 2,000억 원의 정부 지원 인센티브가 걸려 있다. 낙후된 하남시의 발전에 큰 몫을 할 수 있는 금액이다. 그런 시장에게 박수를 쳐주지는 못할망정, 폭력적인 반대시위를 일삼고 마침내 시장을 자리에서 끌어내리려 드는 모습에서 분노를 느낀다. 묻고자 한다. 이번에 문제를 주도한 시민단체 인사들은 장차 어디에 가서 부모형제, 나아가 자신들의 시신을 불태우려 하는가.

김 시장은 어쩌면 이번 투표에서 시장 자리를 잃을지도 모른다. 설령 그렇게 되더라도 김 시장은 너무 낙심 마시라. 당신은 옳은 일을 하다가 의롭게 퇴진한 시장으로 기억될 것이다. 그리고 이 말을 꼭 해주고 싶다. 당신 같은 사람이 있어 아직은 세상에 살맛이 남아 있다고.

— 《중앙SUNDAY》, 2007. 12. 9.

심는 자·베는 자

움트는 계절 4월에 사람들은 산에 올라 한 뼘짜리 나무를 심는다. 작고 연약한 한 그루의 묘목을 심으면서 그들은 20년이나 30년 후에 그 자리에 살아남을 아름드리나무를 상상하고 만족한다. 뿌리를 펴 흙을 덮고 정성스럽게 밟아준 후 돌아설 때의 그들의 심정은 마치 어린 자식을 뒤에 남기고 떠나가는 어버이와 같이 아쉽고 궁금해한다. 1년 앞을 내다보는 사람은 곡식을 심고 10년 앞을 내다보는 사람은 나무를 심는다고 했던가.

움트는 계절 4월에 사람들은 산에 올라 나무를 벤다. 아름드리나무고 잔솔이고 간에 그들의 도끼날은 용납이 없다. 마침내 지상에는 생명의 흔적인 밑둥치만 남고 산새와 심은 자의 꿈이 깃들어 널리 주위에 드리웠던 몸체는 사라진다. 나무지게에 또는 대형트럭에 가득히 단절된 생명을 싣고 돌아서면서 그들은 마침내 그것이 완전한 가용재(可用財)로 되어 자기의 수중에 들어온 것에 대하여 만족을 구가하는 것일까?

심는 자와 베는 자, 생명을 가꾸는 자와 가꾸어 놓은 생명을 끊는 자, 이러한 대조는 비단 나무에 관하여만 있는 일은 아닐 것이다. 우리 생활의 도처에서 우리는 사람들을 그러한 두 개의 군(群)으로 나눌 수 있을 것이다. 그러한 인간행태는 어쩌면 진흙에 생명을 불어 넣어 사람을 창조한 하느님과 그 생명에 마침내 죽음이라는 종국을 초래케 한 악마의 대립에서부터 유래한 습관일지도 모르겠다.

오로지 심는 자와 가꾸는 자만이 존재하는 사회라는 것은 이미 우리에겐 실현성 없는 소망이 될지는 모르겠지만 그러나 다만 한 걸음씩이라도 그러한 방향으로 접근하려는 너와 나의 애성이 있다면 우리의 주변은 월등하게 밝아지지 않을까. 심는 자의 바로 뒷전에서 그것을 베는 자가 있다는 사실이 안타깝고, 특히 오늘 식목일을 맞아 위와 같은 양극의 부조리가 더욱 우리의 가슴을 아프게 하는 것이다.

—《매일신문》, 1973. 4. 5.

어느 퇴학

　소년범, 그것도 구속이 되어 수갑을 차고 있는 소년을 앞에 두고 조사를 할 때 수사관은 누구나 가슴이 아프다. 특히, 조금만 이끌어 주면 앞날에 나라의 동량이 될 수도 있을 가능성이 보이는 소년의 경우에는 더욱 그러하다.

　K 군은 세칭 일류 고등학교 졸업반에 재학 중인 학생으로서, 어느 날 어머니로부터 꾸지람을 듣고 집을 나가 동네 친구 두 명과 어울려 놀던 중 지나가는 중학생을 골목길에 불러들여 위협을 가하고 시계와 돈 2백 원을 빼앗아 그것으로 국수 한 그릇씩을 사 먹다가 구속이 되어 내가 조사를 하게 되었다.

　나는 특별한 관심을 가지고 그 학생의 주변을 세밀히 검토하여 보았다. 그는 보험회사의 외무사원으로 있는 편모의 슬하에서 자란 외아들로서 다행히 머리가 나쁘지 않아 좋은 학교에 다니고 있었다. 하지만 그러한 가족 상황에서 흔히 있는 일이듯이 지나친 관심을 아들에게 쏟는 어머니에 대한 10대 특유의 묘한 저항의식 때문에 약간 성격이 삐뚤어져 있었다.

나는 K 군을 앞에 놓고 한동안 그 처리방안을 고심한 끝에 그의 학업을 계속하게 하는 일이 중요하고 이번 일이 그의 장래에 치명적인 장애가 되게 해서는 안 되겠다는 결론에 이르렀다. 상사의 양해를 얻어 그에게 기소유예의 결정을 하고 특별히 그의 앞날을 지켜보기로 마음먹었다.

그리고 학교에서 그 학생에 대한 처벌 문제가 논의될 것이 예상되므로 나는 시간을 내어 그 학교 교장선생님을 찾아뵙고, 조사과정에서 보인 그의 태도와 기타 자질로 보아 충분히 교정 가능성이 있고 천성이 나쁘지 않은 듯하니 이번에 한하여 기회를 줄 것을 호소하였다.

그러나 나의 호소는 받아들여지지 않았다.

이전에도 유사한 사례가 있어 가벼운 처벌만으로 그쳤더니 학생 대표들이 교장실에 몰려와서, 왜 퇴학을 시키지 않느냐, 여기가 학교냐 아니면 깡패 양성소냐고 항의를 하여왔으며 그냥 두어서는 도저히 학풍을 바로잡을 수 없다는 것이다. 이미 K 군을 그 학교에서 제적하기로 결심을 굳히고 있는 그분에게 국외자인 내가 더 중언부언함은 실례가 될 것 같기에 나는 교장실을 물러 나왔다.

한 해만 지나면 그 학교를 졸업하고 대학에 진학하여 오랫동안 고생한 어머니의 한을 풀어줄 수도 있을 K 군이 그 학교에서 쫓겨나서 앞으로 과연 어떠한 길을 걸을 것인가. 그리고 어제까지 한 교정에서 배우던 학우가 한 번의 잘못을 저질렀다 하여 꼭 그의 추방을 요구하는 학생 대표들의 심정은 어떠한 것일까.

돌아오는 차 안에서 나는 울안의 아흔아홉 마리 양보다 길 잃은 한 마리의 양을 찾아 나선다는 성현의 말씀을 되씹으며 K 군과 그의 어머니 그리고 수많은 소년범들의 얼굴이 눈앞에 어른거려 설레설레 고개를 흔들지 않을 수 없었다.

—《매일신문》, 1973. 4. 14.

공판정 풍경

　　법대와 의자들은 수십 년 전에 만들어 그동안 한 번도 손을
보지 않았는지 색깔은 바래고 군데군데 해어져 있으며 정면 회벽에
덩그러니 걸린 작은 태극기는 영광스러운 대한민국을 상징하기에는
너무나 초라하고 조잡하다.

　　그 아래 나무의자에 줄줄이 늘어앉은 피고인들. 그들 중 일부는
집에서 차입한 한복을 입었고 나머지는 국가에서 제공하는 푸른 수
의를 그대로 입고 있어 그것이 피고인들의 빈부의 차이를 입증한다.

　　그 뒷전에는 피고인들의 부모처자들이 의자도 없이 빽빽이 들어
서 있고 늦게 온 사람들은 들어설 자리마저 없어 공판정 밖 복도에
서 창틈에 귀를 대고 근심스러운 얼굴로 가족의 안위를 엿듣는다.

　　때로는 등에 업힌 아이가 앞줄에 앉은 아빠의 처지도 모르는 채

느닷없이 울음을 터뜨려 정리로부터 퇴정을 당하기도 한다.

특히 여름철이면 피고인들의 몸에서 나는 땀 냄새가 온 방에 가득 차고 재판장의 머리 위 천장에 달린 한 대의 선풍기는 바람을 내기 위해서라기보다는 전부터 돌아왔으니 그냥 계속해서 돌아가는 것이라는 듯 힘이 없다.

그런 가운데에서 핏기 없는 얼굴의 피고인들은 초조히 자기의 이름이 불리기를 기다린다. 솔직히 죄를 시인하는 자, 억울함을 호소하는 자, 교묘히 거짓말을 둘러대는 자……. 그들은 한결같이 하고 싶은 이야기가 많고 그 천태만상의 인생살이를 검은 법복의 재판관들은 마치 고해신부처럼 한 마디 한 마디 새겨들어야 하는 것이다.

극히 소수의 사건에는 변호인이 선임되어 대개 해가 뉘엿뉘엿 지는 오후에 그들은 심혈을 기울여 자기의 피고인을 위하여 변론을 한다. 그러면 앞에 선 당자는 울먹이고, 변호인을 선임하지 못한다는 사람들은 선망 어린 눈으로 바라보며 그 변론에 도취된다.

이리하여 심리가 끝난 기록은 한 건 한 건 재판장의 왼쪽에서 오른쪽으로 옮겨지고 그에 따라 그 피고인의 운명도 하나하나 결정되어 가는 것이다.

마침내 공판장에 희미한 형광등이 켜지면서 그날의 재판이 끝난다. 피고인들이 가족들의 애처로운 눈인사를 받으며 호송차에 실려 그들의 숙소(?)로 돌아가고 나면 수십 년째 손을 보지 아니한 황폐한 공판정에도 고요가 깃든다.

그러나 내일이면 또 다른 사람들이 그 자리에 앉아 자기의 차례를 기다리고, 그리고 그러한 작업은 역사와 함께 끊임없이 반복될 것이다.

이 무겁고 침울한 공판정.

그러나 그곳은 법원의 핵심이요 소중한 인권이 다루어지는 곳이며 일그러진 정의를 바로잡으려고 법관이 땀 흘리며 고뇌하는 장소이다.

법원 직원의 처우를 개선하고 법원 관리직에 있는 분들의 방에 카펫을 까는 일도 물론 중요하지만, 황폐한 공판정을 좀 더 신성하고 부드럽고 편리하게 가꾸는 일은 더욱 중요한 것이라고 나는 믿는다.

— 《매일신문》, 1973. 4. 26.

말장난

겟놀이를 하다가 실패하여 거액의 빚을 지고 마침내 알거지가 된 사람이 있었다. 그러나 그는 이 사실을 감추고 오히려 자기의 사업이 한창 성업 중이라 거짓말을 하여 이곳저곳에서 마구 돈을 돌려썼다. 급기야 그는 사기죄로 피소되었다. 재판을 받는 자리에서 그 피고인의 변호인이 목청을 돋우어 변론을 했다.

"지금 검찰관은 돈이 없는 사람이 왜 남의 돈을 빌렸느냐고 하는데 한번 생각해 보십시오. 피고인이 돈이 없으니까 돈을 빌린 것이지 자기에게 돈이 있었다면 무엇 때문에 돈을 빌렸겠습니까?"

이 말에 방청석은 술렁거리기 시작하고 이에 힘을 얻은 그 변호인은 무슨 기막힌 발견이나 한 듯이 꼭 같은 말을 몇 번이나 되풀이 했다. 그러고도 그의 변론은 수십 분이나 계속되었다.

이런 말은 얼른 듣기에는 그럴듯할지 모르지만 기실 그것은 남의 말꼬리를 물고 늘어지는 말장난에 불과하다. 이러한 말장난은 법정에서 휙 하고 휘파람을 부는 것이나 진배없음은 긴 설명을 요치 않는다.

얼마 전 맹 씨 성을 가진 신랑의 결혼식장에서 주례를 맡은 사람이 주례사를 했다. "신랑 맹 군의 선조는 조선조 5정승의 한 분인 맹사성으로서 그 5정승이라 함은 아무개 아무개의 다섯 분"이라고 그 이름을 열거했다. 그러고는 각 정승의 치적과 일화를 장황하게 설명했다. 그러면서 정작 그날의 주인공인 신랑신부에 대하여는 거의 언급을 하지 아니한 채 주례사는 끝나버렸다. 이것 역시 말장난 이외에 아무것도 아닐 것이다.

의회에서의 '필리버스터'와 같은 것도 영국에서는 의정기술의 하나로 인정을 받고 있는 모양이지만, 이것 역시 따지고 보면 말장난에 불과하다고 본다.

이러한 말장난들은 아이들이 장난 끝에 유리창을 한두 장 깨뜨리는 것에 비교할 수도 없을 만큼 큰 피해를 많은 사람들에게 줄 수도 있을 것이니 '말의 공해'라고나 할까.

"상구자 무실덕(尙口者 無失德)", 즉 말이 비단결 같은 사람은 실제로는 덕이 없음이 보통이라는 옛 글귀는 현대에 있어서도 타당할 것이며 특히 공인의 경우에는 더욱 그러할 것이다.

꼭 필요하고 적절한 말만을 신중한 태도로 하는 변호사나 주례

자나 국회의원은 비록 많은 말을 하지 아니하여도 많은 사람들로부터 존경을 받을 것이다. 나아가 상대방의 말 가운데에서 작은 꼬투리를 잡고 시시비비를 할 것이 아니라 그 말 속에 담긴 뜻을 가슴으로 받아들이고 이해하려는 사람 역시 많은 사람들로부터 존경을 받을 것이라고 생각한다.

— 《매일신문》, 1973. 5. 3.

소대장의 수첩

어느 날 친구와 기차를 타러 나갔다가 대합실에서 수첩을 한 권 주웠다.

강원도에 주둔하는 어느 부대 소대장의 것으로 아마 휴가에서 돌아가는 길에 그곳에서 흘려버린 모양이었다. 노트를 잘라서 만든 허름한 수첩. 그러나 그 수첩 안에는 참으로 많은 것이 적혀 있었다.

하루하루의 계획이 있었고 짧은 반성이 적혀 있었으며 소대원의 이동상황과 면회를 온 사람의 이름 등 갖가지 공·사무들이 수첩의 구석구석을 메우고 있었다.

그 수첩을 주인에게 돌려줄 수 있는 자료를 찾기 위하여 내용을 계속 뒤져 나가다가 그 중간쯤에 우리의 눈이 머물렀다. 그곳에는 소대원 전원의 생일이 음력과 양력으로 일일이 기록되어 있는 것이 아닌가. 그것을 보면서 우리는 가슴 뭉클한 감회와 함께 생면부지의 그 소대장의 얼굴과 소대의 풍경이 어렴풋이 연상되어 왔다.

어느 날 아침 K 일병이 세면장에 들어섰을 때 그 소대장은 웃는 얼굴로 말할 것이다.

"자네 오늘 생일이지?"

K 일병은 어쩌면 자신도 잊어버리고 있었던 자기의 생일을 상관이 이렇게 기억하고 있음에 놀라고 감격하여 한동안 어리둥절할 것이다. 그리고 소대장의 배려로 그날 K 일병의 조반에는 다만 한 가지라도 색다른 부식이 첨가되고 또 여가를 보아 소대원 간에 약소한 소주파티라도 개최될는지 모르겠다.

군대란 위계질서와 규율을 그 생명으로 삼는 사회이며 또 그러하여야만 할 것이다. 그러나 그 엄격한 위계질서와 군율의 사이사이로도 이와 같은 사랑이 스며 흐를 수만 있다면 그 사랑은 마치 험준한 산골짜기를 타고 숨어 흐르는 물처럼 아름답고 시원할 것이고 여기에 한 폭의 산수화는 완성되는 것이리라.

어찌 군대에만 해당하는 것이겠는가.

기계문명이 발달하고 사회구조가 복잡해짐에 따라 도처에서 인간상실의 도는 점점 더 심화되고 여기에 이르러서는 만능을 자랑하던 서구철학도 마침내 그 마지막 가쁜 숨을 내몰아 쉬고 있다.

그리고 이를 구하려 애쓰던 몇몇 '휴머니즘'의 조류는 비능률적이고 실용성이 없다하여 백안시당하고 동양적인 것에로의 전회도 너무나 큰 시대적 감각적 괴리 때문인지 기대했던 만큼의 성과를 거두지 못하고 있는 것 같다.

우연히 주워서 읽어본 어느 소대장의 수첩을 유실물 센터에 맡기면서 친구와 나는 다시 근무에 성실히 복귀해 있을 그 소대장의 모습을 되새겨보았다. 그리고 답답한 오늘의 상황 속에서 그 소대장이 주는 한 줄기 인간소통의 바람을 전신에 쐬고 싶은 간절한 충동을 금할 수 없었다.

—《매일신문》, 1973. 5. 10.

봄 길에서

참으로 오랜만에 들에 나갔다.

개나리 진달래는 이미 진 지 오래이고 복숭아꽃 살구꽃도 거의 다 시들었다. 도회의 인파 속에서 어물어물하다가 나는 봄을 놓쳐 버린 것이다.

나만이 아니리라. 이윤추구에 여념이 없는 기업가나 상인들, 소송이나 범죄자만을 대하는 법관들, 환자와 질병만을 생각하는 의사들, 거의 모든 사람들이 도회의 구석구석에서 계절을 놓친다.

그들에게 있어서 중요한 것은 능률이나 정확성 같은 것들일 뿐, 봄이 어떻게 오고 달이 언제 찼다가 기우는가 하는 것들은 거의 관심 밖의 일이다.

물론 하루의 들놀이를 하는 그 시간에 공장에서 기계를 돌리면

수백 켤레의 양말을 더 짤 수 있을 것이고, 회의실에서 회의를 하면 더 많은 행정실적이 나올 것이며, 다방에서 약속한 사람을 만나면 한 가지의 용건을 더 빨리 해결할 수 있을 터이다.

그렇기 때문에 그들은 쉴 사이 없이 시계를 본다. 만약 그들에게서 시계를 빼앗아 버린다면 그들은 하고많은 계획들을 앞에 두고 쩔쩔맬 것이다. 그러나 그들은 시간이 몇 분 가는 것은 알아도 봄이 송두리째 가고 있는 것은 모르는 것이다.

임어당의 다음과 같은 비유를 보자.

미국인 기사가 다리를 놓을 때에는 너무나 정확하게 계산을 하여 양편 둑에서 놓아 나오는 다리가 강 한가운데 와서 인치의 10분의 1도 어긋나지 않도록 한다. 그러나 중국인 기사들이 산의 양편에서 터널을 파기 시작하면 쌍방이 서로 어긋나기 마련이다. 그러나 중국인은 믿는다. 터널을 파면 될 일이지 양편의 '코스'가 서로 어긋나는 것은 별로 문제가 되지 않는다. 터널 하나를 파려다가 둘이 되면 길이 둘 생긴 셈이니 더 좋은 일이 아닌가.

사람은 이성적인 요소와 비이성적인 요소들을 섞어 가진 유기체이며 그 간에 조화와 균형은 필히 유지되어야 할 것이고 여기에 참된 인성이 있는 것이다. 그럼에도 근대 산업생활의 급속한 '템포'는 산 중간에서 만날 터널이 다만 한 치라도 어긋날세라 우리의 복잡한 두뇌에 능률과 정확과 숫자만을 주입시킬 뿐 봄 길에서 가는 봄을

들이켤 여유를 주지 않는다.

그리하여 마침내 인성의 조화가 깨뜨려질 때 '머릿속에는 이상한 상념들이 들어차고 그것들은 손을 움직여 무슨 일을 했는지 미처 생각해 보기도 전에 일을 저지르고 마는 맥베스'류의 현대적 문명병 환자가 생기는 것이 아니겠는가.

들에 비록 복숭아꽃 살구꽃은 다 졌지만 그래도 이름 모를 들꽃이 남아 있고 그보다 더 시원한 녹음이 있다. 다만 한 번씩이라도 세속을 털고 봄 길에 나가 조용히 우리의 인생을 생각하자.

—《매일신문》, 1973. 5. 18.

아내의 슬기

　머칠간의 출장에서 돌아오니 아내는 방 안에 가구의 위치를 이리저리 바꾸고 창에 하늘색 얇은 커튼을 걸어 놓아 나의 기분을 쾌적하게 하여 주었다.

　새로운 가구를 사들여 집을 가꿀 형편이 못 되니까 아내는 그녀의 작은 머리를 짜서 시시로 장롱을 옮기고 꽃을 갈아 꽂고 책의 배열 순서를 바꾸는 등의 일을 취미로 삼고, 그렇게 하여 달라진 모습을 나에게 무척 자랑하고 싶어 하며 나 또한 즐거운 마음으로 그 변화를 받아들이는 것이다.

　근래 우리나라 경제의 고도성장과 함께 우리의 주위에 웅장하고 화려한 주택이 우후죽순처럼 속속 늘어나고 있음을 본다.

　이것은 결코 나쁜 현상은 아닐 것이다. 확실히 가난을 자랑으로 삼던 시대는 이미 오래전에 사라졌다. 크고 화려한 집을 가지는 것은 그 집의 전체가 온전히 집주인의 땀과 노력의 대가로 이루어지기만 했다면 누구에게나 바람직한 일일 것이다.

그러나 행여 그와 같은 큰 집의 어느 일부분, 이를테면 문짝 하나 안락의자 하나라도 그것이 주인의 피와 땀의 대가가 아닌 부정이나 부패의 대가로 이루어진 것이거나 많은 가난한 사람들의 희생 위에서 이루어진 것이거나 혹은 국가재정을 좀먹으면서 이루어진 것이라고 한다면, 겉으로 보기에 호화로운 그 집은 기실 농부의 오막살이보다 몰가치하다고 한마디로 단정 지어도 무방할 것이다. 최근에 물의를 일으켰던 이른바 호화주택들은 바로 그 전형적인 예가 될 것이다.

단돈 몇천 원짜리 헌 옷가지를 훔친 넝마주이가 옥살이를 하는 것이 실정일진대 부정과 불의에 편승하여 수천만 원짜리 호화주택을 훔친 자가 버젓이 그 주택에서 태평성대를 구가한다면 누가 관을 믿고 누가 법을 신뢰하겠는가. 이러한 원천적인 부조리를 과감히 제거함이 사회정의의 실현일 터이다.

아내가 방의 모습을 바꾼 이야기를 하다가 화제가 갑자기 너무 비약한 감이 없지 않지만 어쨌든 나는 지금 당장 호화주택에 살고 있지 않음을 조금도 속상하게 여기지 않는다. 아내의 손길이 구석구석에 닿은 작은 방과 몇 점 가구들, 그 안에서도 보람과 휴식과 행복은 얼마든지 찾을 수 있을 것이다. 나아가 국민총화로 단결된 노력이 있다면 시간이 감에 따라 우리 모두의 집은 조금씩 커질 것이고 편리한 가구도 생길 것이 아니겠는가.

나는 그것을 믿어 의심치 않는다. 그리고 그러한 날이 오기까지 제한된 자료를 가지고 수시로 새로운 환경을 재생산해 내는 아내의 슬기를 무엇보다도 고맙게 생각한다.

— 《매일신문》, 1973. 5. 31.

다도(茶道)

차를 마심에 있어서는 정취가 따르고 그 차를 즐길 수 있는 분위기가 만들어져야 할 것이다. 차라는 것은 배를 불리기 위하여 먹는 것도 목이 말라 마시는 것도 아니니, 말하자면 그것은 인간의 사치스러운 기호품이기 때문이다.

우리나라에서도 일찍이 신라시대부터 화랑들이 산수를 찾아 유람하면서 차를 달여 먼저 천신(天神)에게 공양하고 스스로도 차를 마시면서 수행하였으니, '다천(茶泉)'은 그에 관한 유적이라 한다.

중국에서는 다도에 관한 여러 가지 고전적인 저술이 내려오고 있는데『다경(茶經)』이나 『다소(茶疏)』는 그 대표적인 것이다.

『다경』은 서문에 "심야 산중의 오막살이집에 앉아서 샘물로 차를 끓인다. 물이 불에 끓기 시작하면 송뢰의 음향 비슷한 소리가 난다.

이윽고 찻잔에 차를 따른다. 부드럽게 활활 타오르는 불빛이 주변 일대를 비추어 주고 있다. 이러한 한동안의 기쁨은 도저히 속인들과 나눌 수 없다."라고 서술하고 있다.

또 『다소』에는 차를 마시기에 적당한 때를 일일이 열거하고 있다. 예컨대 마음이나 손이 한가로울 때, 시를 읽고 피곤할 때, 깊은 밤에 다른 사람과 이야기할 때, 미모의 벗이나 섬려한 애첩이 옆에 있을 때, 벗을 방문하고 집에 돌아왔을 때 등이다. 이와 반대로 차를 마셔서는 안 될 때도 열거되어 있다. 이를테면 바삐 일을 할 때, 손님이 많은 주연의 좌석, 분망한 날 등이 그것이다. 습기 있는 방, 우는 어린애, 성미가 격한 사람들, 싸움 잘하는 사환들 따위도 차를 마심에 있어서는 금기로 되어 있다.

말하자면 동양사회에 있어서 차는 사람의 정신수양이나 정서생활과 밀접한 관련을 맺고 있었고 그에 따라 다도라는 독특한 예법이 형성되어 있었던 것이다.

"차나 한잔 하실까요." 두 사람만 모이면 그중 한 사람이 십중팔구 이러한 제의를 하는 것이 현대의 도회인이다. 이리하여 들어간 다방은 대개 컴컴하고 귀를 찢는 듯한 음악이 울리며 손님들은 그 음악 소리보다 더 큰 소리로 이야기를 한다. 거기다가 담배연기까지 꽉 차고 보면 그곳은 영락없는 시장바닥이다. 더욱이 자리가 없어 다른 손님과 합석을 하는 날이면 서로가 어색하고 미편한 것이 가히 고역이라 아니할 수 없다. 그럴 뿐만 아니라 다방에서 파는 '커피'라는 것도 그윽한 향취가 어린 동양의 차와 달라서 너무 자극적이고 그 맛에 품위가 없다.

전래의 다도는 그 밖의 많은 우리의 전통적 아취와 함께 이제 우리의 주위에서 대부분 사라졌다.

위와 같이 어둡고 소란스러운 다방에서 우리의 친구들은 우정을 이야기하고 우리의 연인들은 사랑을 이야기하지 않을 수 없게 된 것이다.

생각건대 다도의 아취를 현대에 재현시킬 방도가 없는 한 "차는 영원히 지성인이 애호하는 음료가 될 것이다."라는 찰스 디킨스의 말은 거짓이 되고 말 것이다.

— 《매일신문》, 1973. 6. 7.

새의 슬픔

새를 키우는 K 씨가 두어 달 전에 구입한 금화조라는 새 한 쌍을 도난당했다.

K 씨는 그 새를 잃고 대단히 원통하게 여기고 있었다. 그러던 중 우연한 기회에 근처에 있는 L 씨라는 사람의 집에 금화조를 키우고 있다는 말을 듣고 그곳을 찾아갔다. 과연 그 집에는 금화조 몇 쌍이 조롱 안에서 놀고 있었다.

그 새를 구경하다가 K 씨는 그중의 한 쌍이 꼭 자기가 잃어버린 금화조와 닮은 것 같이 보여 그길로 그 새를 자기에게 판 P 씨를 데리고 와서 보였다. P 씨도 그 새를 자세히 보고 나서 그것이 바로 자기가 K 씨에게 판 금화조와 비슷하게 생겼다고 말한다.

이에 힘을 얻은 K 씨는 L 씨에게 그 새는 자기가 도난당한 것이니 돌려달라고 한다. 그러나 L 씨는 자기도 이것을 행상인으로부터 값을 주고 산 것이며 K 씨의 것이라고 볼 증거도 없으니 돌려줄 수 없다고 단호히 거절한다.

이에 K 씨는 L 씨에게 당신은 도둑의 물건을 산 것이니 만약 돌려주지 않으면 장물취득죄로 구속시키겠다고 위협을 한다. 격분한 L 씨는 선수를 쳐서 K 씨를 걸어 공갈미수죄로 고소를 하고 급기야는 이에 맞서 K 씨도 L 씨를 걸어 장물취득죄로 소위 맞고소를 하기에 이르렀다. 그리하여 K 씨와 L 씨는 피의자로, P 씨는 참고인으로 경찰서에 소환되고 조롱에 든 문제의 금화조 한 쌍도 증거물로 경찰관의 책상 위에 얹혔다.

K 씨는 그 새가 자기의 것이 틀림없다는 근거로 그 새는 오른발 가운데 발톱이 약간 길고 옆으로 꼬부라져 있다고 주장한다. 이에 대하여 L 씨는 그 새에 그러한 특징이 있는 것은 사실이나 K 씨가 그것을 아는 것은 앞서 그가 자기의 집에 왔을 때 그 새를 본 사실이 있기 때문일 것이라고 반박한다.

옥신각신하는 가운데 경찰관이 새를 꺼내어 발톱을 견주어 보고 다시 K 씨, L 씨, P 씨의 손으로 새가 마구 옮겨지고 하는 사이에 그 새는 극도로 공포에 질려 가슴이 팔딱거린다.

양자의 주장은 팽팽히 맞서고 어느 쪽으로도 결정적인 단서는 나타나지 않는다.

그 새는 알 것이다. 과연 자기가 훔쳐진 것인지 아닌지를.

그러나 새는 생각할 것이다. 나는 원래 숲에 깃들고 넓은 하늘을 자유로이 날아다녔다. 그런데 사람들은 왜 이렇게 야단들인가. 그들은 애당초 어찌하여 나를 조롱 안에 잡아 가두고 그리고 자기들 마음대로 팔고 옮기고 희롱하다가 마침내 경찰에까지 나를 데려다 놓고 서로 큰소리로 다투는 것인가. 언쟁을 하고 죄를 짓고 고소를 하고 돈을 벌고 주의를 논하고, 이러한 것들은 모두 인간의 문제이지 우리들 새와는 관계가 없는 것들이 아닌가.

새는 연약하고 겁이 많고 사람을 물거나 잡아먹지 못한다. 그러나 그러한 이유만으로 강자인 사람들은 약자인 우리를 마음대로 다루어도 좋단 말인가.

어두운 경찰서 안 조롱 안에서 겁에 질려 팔딱거리며 갇혀 있는 새, 그 새의 슬픔을 아는 사람은 아무도 없었다.

— 《매일신문》, 1973. 6. 14.

농부

법정에 50여 명의 농부가 모였다. 모두 자기의 소를 도난당한 사람들이다. 경북 일원에 걸친 대규모 축우 도난 사건의 증인으로 그들은 소환을 받은 것이다.

그들은 재판장에 빽빽이 열을 지어 늘어섰다. 나는 어린 시절 고향에서 모내기나 추수를 하던 때를 제외하고는 한꺼번에 그렇게 많은 농부들을 본 일이 없다. 그러나 그때의 나는 무척 어렸고 그리고 나 자신 농민의 한 사람으로 그들과 일체감 속에서 살았었다. 그러나 그로부터 많은 세월이 흐르고 나는 완전히 한 사람의 도회인이 되어 법정에서 그들을 만난 것이다.

나는 열을 지어 늘어선 그들을 차례로 훑어보았다. 그들 중 어느 한 사람도 살이 피둥피둥 찌거나 배가 나오거나 얼굴에 기름기가 흐르는 모습은 찾아볼 수 없었다. 50여 명의 얼굴은 하나같이 검게 타고 이마에 가난의 주름이 깊숙이 파여져 있었다.

그럼에도 그들의 얼굴은 한결같이 진지했다. 호명에 큰소리로 대답을 하고 증인선서에 서명날인을 하는 그들의 표정은 관에서 하는 일에 참여한다는 진지한 사명감 같은 것으로 가득 차 있었다.

그리고 그들의 증언은 소박하고 단순했다. 미꾸라지 빠지듯이 이리저리 돌려대는 도회인의 진술 태도와는 너무나 대조적이었다.

소는 농가에 있어서 생명과 같은 것이다. 그런데 50여 명의 농부들은 밤사이에 그 귀중한 소를 도둑맞고 그다음 날 아침 근처의 숲속에서 무참히 죽은 자기 소의 껍질과 핏자국을 발견하였을 뿐이다.

그럼에도 그들의 얼굴에는 절도범인 피고인에 대한 분노의 빛도 증오의 표정도 거의 찾아볼 수가 없었다. 피고인의 처벌을 희망하느냐는 재판장의 신문에 그들은 다만 법대로 해달라고 한마디 할 뿐이었다.

깡마르고 검게 타고 주름살이 깊고 순종하고 표정이 다양하지 않고 사람을 미워하지 않고……. 이러한 것이 5천 년간 변함없이 내려온 우리나라의 농민상이다. 별이 질 때 들에 나가 별이 뜰 때 집에 돌아오면서 죽도록 일해도 내내 가난하기만 했던 이들이 우리나라의 농민인 것이다. 커피가 무엇인지도 모르고 평생을 열심히 일해도 승진이 없으며 자기네 아들을 군에 보내지 않기 위하여 꾀를 부리지도 않는 것이 우리나라의 농민인 것이다.

남보다 더욱 많이 일하면서 남보다 더욱 자주 잊혀버리는 그들 소 잃은 50여 명의 농부들을 신문하는 자리에서, 나는 오랫동안 떠나 있던 고향과 잊었던 그곳 농부들을 회상하며 한 사람의 도회인으로서의 나의 가치는 과연 무엇인가를 곰곰이 헤아려 보는 것이다.

—《매일신문》, 1973. 6. 28.

결론(結論)

대부분의 토론회는 장시간에 걸친 열띤 논의에도 불구하고 이렇다 할 두드러진 결론 없이 끝나는 것이 보통이다. 어떤 의미에서는 토론회라는 것은 그와 같이 결론이 나지 않는 데 묘미가 있는지도 모른다. 하나에 하나를 더하면 몇이 되는가라는 주제로 토론을 한다고 상상해보자. 그것이 얼마나 싱겁고 무의미한 토론이 될 것인가.

일반적으로 소송에 있어서는 재판관은 어떤 한 쪽으로든지 반드시 결론을 내려야 한다. 黑인지 白인지 모르겠다는 식의 판결은 있을 수가 없는 것이다. '의심스러울 때는 피고인의 이익으로'라는 법원리도 따지고 보면 애매한 사안에 있어서 재판관으로 하여금 결론을 얻게 해주는 하나의 방편이라 할 것이다.

그러나 재판의 결론이 과연 모든 경우에 있어서 정당하다고 보기는 어려움이 또한 사실이다.

재혼에 방해가 된다 하여 자기의 자녀 삼 남매를 웅덩이에 빠뜨려 죽인 혐의로 기소된 아버지에 대하여 1심은 무죄를, 2심은 사형을 선고했다. 하나의 사실을 두고 그 아버지는 생과 사의 갈림길을 오르내렸으니 여기서 결론이란 얼마나 무섭고 엄혹한 것인가.

인간의 일상사를 두고도 결론이란 이와 같이 어려운 것일진대 하물며 인간 내지 생명의 본질에 대한 결론을 말한다는 것은 더욱 어렵고 두려운 문제가 아니겠는가.

인간이란 무엇이며 그것은 과연 어디에서 와서 어디로 가는 것인가. 모든 사람들이 최소한도 한 번씩은 이 문제를 두고 고민하며 많은 학자들이 평생을 두고 이 문제를 연구하다가 죽어갔다.

현대 독일의 대표적 인간학자인 셸러는 『우주에서의 인간의 지위』라는 책자에서 결론적으로 우주에 있어서는 인간의 지위는 "탐구되어야 할 그 무엇"이라고 한 채 붓을 던져버렸다.

애석하게도 조물주는 인간에게 그들의 최종결론이 무엇인가를 명확하게 밝혀 주지 않은 것이다. 그 최종결론을 찾으려고 몸부림치던 우리의 선조들은 마침내 지쳐버린 끝에 인간에게는 죽음이라는 한계상황이 있고 그 한계상황을 넘어서는 한 치도 더 설명할 수 없는 것이라고 선언해 버리기에 이른 것이다. 그리하여 사람들은 흔히

生을 "피안으로의 보장 없는 항해"라고 말하는 것이다.

그러나 이미 결론이 나 있는 문제에 대한 토론회가 무의미한 것이듯이 확연한 결론이 나 있는 生이란 것도 그리 탐탁한 것은 못되리라 생각한다. 인간의 최종결론이 밝혀져 있지 않음으로 해서 生에 무궁한 묘미가 있는 것이 아닐까?

마침내 결론을 얻지 못한다는 결론에 도달하고 마는 한이 있더라도 제 나름의 결론을 얻으려고 이리저리 찾아 헤매는 과정, 바로 이것을 生이라고 부르는 것이 아닐까?

— 《매일신문》, 1973. 6. 28.

| 제3부 |

신앙의 신비

나의
10가지 기도

　지난해 1월, 저는 제 인생에서 결코 잊을 수 없는 한 고비를 넘기면서 그 고비를 잘 넘길 수 있도록 이끌어 주신 주님의 자비로우신 손길을 체험했습니다. 사람이 살아가면서 어느 누구나 자기 나름의 크고 작은 어려움을 겪게 마련이지만, 막상 타인이 아닌 자기에게 그 어려움이 닥쳤을 때는 그 어떤 말이나 위로도 그다지 큰 도움이 되지 못하고 결국은 주님만이 그 문제의 궁극적인 해답을 주시는 분임을 깨달은 것입니다.

　저는 지난 30년간 공직 생활에 몸담아 오면서 제가 속한 그 공동체에 대하여 깊은 애정과 자부심을 가지고 옆도 뒤도 돌아보지 않고 오직 외길만을 열심히 달려왔습니다. 다른 분들도 그러하겠지만 저도 평소 그 직장에 있으면서 언젠가는 그곳을 그만두어야 할 때가 온다는 것을 깊이 실감하지 못한 채 하루하루 일과에만 열중하며 살아왔습니다. 그것은 마치 우리가 언젠가는 반드시 이 세상을 하직하는 날이 온다는 것을 잘 알면서도 정작 하루하루의 삶에서는 죽음이라는 것을 전혀 염두에 두지 않으며 살아가고 있는 것과 같을 것입니다.

그 당시의 여러 가지 상황이나 경위야 이곳에 상세히 언급할 필요가 없겠지만, 어찌 되었건 어느 날 갑자기 제가 다니던 직장을 스스로 그만두게 되었을 때 그 황당함과 허탈감은 참으로 감당하기가 어려웠습니다. 매일 아침 일찍 일어나 30년을 하루같이 출근길에 나서다가 어느 날 아침 갑자기 갈 곳이 없다는 것을 깨달았을 때 그 막막함이란 이루 표현하기 어려웠습니다.

이미 저와 비슷한 경험을 했던 주위의 많은 사람들이 위로하고 격려해주는 말들은 거의 비슷했습니다. 오랫동안 수고했으니 모든 것을 잊어버리고 부부가 함께 해외여행이나 한번 다녀오는 것이 좋겠다는 것이었습니다. 그들의 경험으로 볼 때 그것만이 가장 좋은 처방이라는 것이었습니다. 그렇게 염려해 주고 조언해 주는 그들 모두가 참으로 고마웠습니다.

그러나 그동안 미약하나마 신앙 공동체 안에 머물며 스스로도 깨닫지 못하는 사이에 이미 주님께 맛 들여버린 저로서는 해외여행 같은 것만으로는 아무래도 충분한 해결책이 되지 못할 것 같았고 그보다 더 절실한 뭔가가 필요했습니다.

그리하여 평소 가장 존경해 오던 김수환 추기경님을 찾아뵙고 그 분과 긴 대화를 나누었습니다. 여러 가지 이야기 끝에 그분은 저에게 이제 좀 더 자유로운 생활을 하게 되었으니 무언가 가정과 사회에 봉사하는 삶을 살아가는 것이 좋겠다는 말씀을 해 주셨습니다. 그 말씀을 가슴 깊이 새기며 돌아왔습니다.

그다음 날 아침 난생 처음으로 '개인 피정'을 하기 위해 일주일간 예정으로 집을 떠났습니다. 그동안 너무나 바쁘게만 살아왔던 내 삶을 한번 돌아보고 싶었고, 또 주님께 무언가 좀 속 시원히 하소연을 하고 싶었습니다.

인천 계양산 기슭에 있는 가르멜 수도원에는 마침 한겨울이라 그 큰 피정동의 많은 방들 중에 사람이라고는 저 혼자뿐이었습니다. 수사님 몇 분이 계셨지만 거리가 떨어진 본관에 머물고 계셨고 그나마 하루 네 번씩 소성당에서 하는 성무일도 시간 외에는 만날 수가 없었습니다.

처음 며칠간은 난방도 변변치 못하여 썰렁하고 괴괴한 수도원 특유의 분위기 때문에 밤이면 약간 무섬증까지 드는 곳에서 하루 종일 대화할 사람 한 명도 없이 지낸다는 것이 무척 힘들었습니다. 그러나 그러한 절대 고독의 시간이 결국은 저로 하여금 오직 주님만 생각하게 만들었고, 시간이 지나가면서 조금씩 마음이 차분히 가라 앉았습니다. 그래서 당초 의도대로 지나간 저의 모든 삶을 되돌아보고 앞으로의 여생을 어떻게 보낼 것인가를 생각해보는 참으로 은혜로운 시간들을 가지게 되었습니다.

드디어 피정이 끝나는 마지막 날 밤, 지난 일주일간의 일정을 정리하면서 대학노트 3페이지 정도의 기도문을 만들어 보았습니다. 이름하여 「나의 10가지 기도」. 이 기도는 물론 다른 분들에게 보편적으로 해당되는 기도가 아닙니다. 저 자신에게 가장 절실히 필요하면서도 제가 갖추지 못하고 있기에 앞으로 저의 삶에 꼭 이루어졌으면 하고 바라는 열 가지 소망을 적어 본 것입니다. 저는 요즈음도 마음이 답답하고 어지러울 때면 이 기도를 다시 읽어보고 심신의 평정을 되찾곤 합니다. 그런 의미에서 일 년 전 제가 힘든 시기를 보내며 수도원에서 주님과 함께했던 그 일주일간의 시간이 결코 헛되지 않았음을 깊이 감사드립니다.

부끄럽지만 그때 제가 만들었던 저 자신만의 기도문을 여기에 한번 옮겨 보겠습니다.

나의 10가지 기도

1. 주님을 사랑하게 하소서.

주님을 아득히 먼 곳에 계시는 추상적인 대상으로서가 아니라, 육친의 아버지처럼 바로 제 곁에 계신 분으로 느낄 수 있게 해 주소서. 마치 아기가 어머니의 품안에서 아무런 두려움도 없이 자신을 온전히 맡기고 편안하게 잠들듯, 저도 주님께 저의 모두를 온전히 맡기고 그 안에서 참된 기쁨과 평안을 누리게 하소서.

2. 가족과 이웃을 사랑하게 하소서.

자기 자신의 문제에만 집착할 것이 아니라, 가족과 이웃에도 눈을 돌려 기쁨이든 슬픔이든 함께 나누게 하소서. 가족과 이웃의 허물을 보지 말고 그들의 좋은 점을 보려 하며, 그 좋은 점을 칭찬하게 하소서. 어려운 이웃을 외면하지 않고, 나에게 잘못하는 이웃도 너무 미워하지 않게 하소서. 다른 어느 곳보다 가정에서 가장 깊은 평화를 맛보게 하소서.

3. 끊임없이 기도하게 하소서.

기도가 주님과의 가장 확실한 만남이요 대화임을 잊지 않게 하소서. 모든 기도는 주님께서 반드시 응답해 주신다는 믿음을 갖게 하소서. 꼭 무슨 소망을 비는 것만이 아니라, 기도 그 자체를 통하여 주님께서 허락하신 삶에 대한 기쁨과 감사를 느끼게 하소서.

4. 맑은 영혼으로 여생을 보내게 해 주소서.

생명의 원천인 영혼에 묻은 때를 씻고, 이를 맑고 투명하고 순수하게 돌이켜 주소서. 부귀와 영화, 먹고 마시고 즐기는 것과 같은 세상사의 덧없음을 깨닫고, 제 영혼이 그러한 것들에 너무 침잠하지 않게 하소서.

5. 완전하지 못하더라도 스스로 만족하게 하소서.

완벽과 최고만을 추구하며 몸과 마음을 애태우고 괴롭힐 것이 아니라, 매사에 분수를 알고 스스로 만족하는 지혜를 주소서.

지나온 과거나 다가올 미래에 대한 무용한 짐을 벗어버리고, 물이 흐르듯 담담하게 오늘을 받아들임으로써, 오로지 이 순간에 사는 자유를 누리게 하소서.

6. 큰 시련을 당할 때 이를 이길 수 있는 힘을 주소서.

환란이나 시련, 또는 억울한 일을 당하더라도 너무 상심하거나 좌절하지 않게 하소서. 오히려 그 안에서 주님께서 이루고자 하시는 깊은 뜻을 찾으며, 혹시 그것이 저를 당신 곁으로 더 가까이 부르시려는 주님의 손길이 아닌지 묵상하게 하소서. 지금 당장 눈앞의 일만 가지고 세상살이의 손익을 따지지 말게 하시고, 또 잃는다는 것이 반드시 나쁜 일만은 아니며 때로는 잃지 않고는 얻을 수 없음을 알게 하소서.

7. 겸손하게 하소서.

언제 어디서나 진정한 마음으로 자신을 낮추고, 자신을 드러내거나 자랑하지 말며, 칭찬 듣기를 바라지 않게 하소서. 겸손한 사람만이 풍기는 따뜻함과 진지함을 본받게 하소서. 궂은 일로 봉사하는 데서 오는 진정한 기쁨을 알게 하소서.

8. 성내지 않게 하소서.

성을 내는 것은 아무 일도 해결하지 못하면서 상대방에게 상처를 줄 뿐만 아니라 자신에게 더 큰 아픔을 준다는 사실을 잊지 않게 하소서. 어쩌다가 성을 내었을 때에는 재빨리 삭이고 상대방에게 화해를 청할 수 있는 너그러움을 주소서.

9. 고독한 시간을 잘 이겨나갈 수 있게 하소서.

고독이 그저 단순한 외로움이 아니라, 자신을 그대로 성찰할 수 있는 소중한 계기가 되게 하소서. 홀로 있음으로써만 자신의 내면과 대화하고 또 주님과 단독으로 만날 수 있는 것임을 깨달음으로써, 홀로 있는 시간을 두려워하지 않고 오히려 그러한 시간을 아끼고 좋아하게 하소서.

10. 아름다운 끝 날을 예비하게 하소서.

(이 열 번째 기도는 좀 더 살아가면서 나중에 완성하기로 하고 비워두었음.)

아멘.

― 목5동성당 《해나리》, 2003. 3.

그리스도의 몸!

사순절입니다. 올해는 사순절이 시작되는 '재의 수요일'이 마침 제 생일이어서 다른 해보다 더욱 특별한 감회로 사순시기를 맞게 되었습니다.

주님의 수난과 죽음과 부활을 묵상하는 이 은혜로운 시기가 되면 자연히 주님께서 세우신 성체성사를 생각하게 됩니다. 당신께서 잡히시기 전날 밤 제자들을 불러 모으시고 그들의 발을 씻겨 주신 후 모두가 하나 되기를 간곡히 당부하시면서 당신의 몸을 우리에게 내어주셨습니다.

"너희는 모두 이것을 받아먹어라. 이는 너희를 위하여 내어줄 내 몸이다."

그날 이후, 우리 신자들은 매 미사 때마다 주님의 몸을 받아 모시고 그분과 하나가 됩니다.

솔직히 입교 후 저는 상당 기간 동안 성체를 받아 모시면서도 그 것이 주님의 몸임을 진심으로 실감하지 못한 때가 많았습니다. "그리스도의 몸!" 하면 그냥 "아멘!" 하는 것이 당연한 미사전례의 한 과정으로만 생각되었고, 성체는 막연히 상징적으로만 성스럽고 귀한 주님의 몸으로 여겨졌습니다.

그러던 중 약 6년 전 부족한 제가 본당으로부터 성체 분배자로 추천을 받고 교구의 교육과정을 거친 후 성체 분배자로 임명을 받게 되었습니다. 황송하게도 신부님을 도와 주일미사 때 교우들에게 성체를 분배하는 역할을 맡게 된 것입니다.

돌이켜 보면 성체를 분배하던 첫날의 그 벅차고 떨리던 감동이 지금도 생생히 떠오릅니다. 요즈음도 성체분배를 앞두고서는 그 전날부터 언행을 조심하게 되고 경건한 생활을 하려고 노력하게 됩니다. 또한 줄을 서서 성체를 모시려는 교우들 한 분 한 분의 손에 정성스럽게 성체를 놓아 드릴 때 그분들이 진정으로 "그리스도의 몸"임을 받아들이기를 바라면서, 저 자신도 그렇게 되게 해 달라고 마음속으로 빕니다. 이러한 과정을 거치면서 나름대로 성체에 대한 저의 신심이 많이 달라져 온 것이 사실입니다. 참으로 감사하고도 큰 은총이 아닐 수 없습니다.

우리가 매일 식사를 하지만 여느 때보다 특별히 그 맛이 좋을 때가 있습니다. 이를테면 매우 배가 고팠다거나 특별히 좋아하는 음식을 구해서 먹을 때가 그런 경우의 예가 되겠지요.

우리 신자들이 수없이 참여하는 미사나 영성체 중에서도 각자에 따라서 특별히 감격적이거나 오래오래 기억에 남는 경우가 있습니다.

어느 해 여름, 대학 동창생 10여 명이 부부 동반으로 저의 고향인 안동지방으로 문화유적 답사여행을 떠났습니다. 전세버스로 토요일에 출발하여 주일 저녁 무렵이면 돌아올 예정이었습니다. 그렇게 되면 우리 본당의 밤 10시 미사에는 충분히 참석할 수 있는 일정이었습니다. 그런데 오랜만에 떠난 여행의 즐거움에서 우리 일행은 당초 예정에 없던 몇몇 곳을 더 들리자는 데 의견을 모았습니다. 그렇게 되면 복잡한 주일의 교통상황을 감안할 때 아무래도 자정이 가까워야 서울에 도착할 수 있을 것 같았습니다. 일행 중 유일한 가톨릭 신자인 우리 부부는 갑작스런 일정 변경에 당황스러웠습니다. 자칫 주일미사를 참석할 수 없게 될 것 같았습니다.

고심 끝에 주일 오전 우리 일행이 백암온천에 도착하여 모두 온천욕을 하러 들어가는 것을 보고 우리 부부는 슬며시 일행에서 빠져나와 인근의 성당을 찾아보기로 하였습니다.

그러나 이 사람 저 사람에게 물어보니 백암에는 성당이 없고 제일 가까운 성당이 백암에서 수십 리 떨어진 울진군 후포면에 있다는 것이었습니다. 백암에서는 영업용 택시가 두 대밖에 없는데 마침 손님을 태우고 다른 곳에 갔다고 하여 이웃 읍에서 간신히 택시를 불러 타고 물어물어 후포성당을 찾아갔습니다.

그러나 우리가 어렵사리 그곳에 도착하였을 때에는 미사가 막 끝났는지 교우들이 성당 밖으로 줄지어 나오고 있었습니다. 미사 전에는 도착할 수 있기를 그렇게 간절히 바라며 찾아온 우리 부부는 맥이 빠질 수밖에 없었습니다. 그러나 '하는 수 없지. 주님께서는 사정을 다 알아주시겠지.' 하고 스스로 위로하며 신자들이 떠나고 없는 텅 빈 성당에 들어가 감실 앞에서 오랫동안 성체조배를 했습니다.

"주님, 이렇게 간신히 찾아왔는데, 미사 시간에는 늦었지만 성체만이라도 모시고 가는 방법은 없을까요?"

감실 안에 계신 주님은 아무 말씀이 없으셨습니다.

성당 밖에 나오니 마당 한쪽에 사십 대로 보이는 주임신부님께서 몇몇 교우들과 이야기를 나누고 계셨습니다. 저는 그리로 다가가 조금 전 감실 앞에서 주님께 했던 말을 자신도 모르게 불쑥 해버렸습니다.

"신부님, 어렵게 찾아왔는데 미사가 끝나버렸군요. 혹시 영성체만 해 주시는 방법은 없을까요?"

참 염치없는 일이었고 또 전연 가능할 것 같지도 않은 부탁이었지만 꼭 성체를 모시고 싶은 것이 우리 부부의 간절한 바람이었습니다.

그런데 뜻밖에도 신부님께서는 우리를 성당 안으로 들어오게 하셨습니다. 그리고 수녀님을 불러 제대를 차리게 하시고 제의를 입고 나오셨습니다. 그리하여 제대 아래 서있는 우리 두 사람만을 위한 미사가 시작되었습니다. 고백의 기도와 그날의 복음말씀, 일 분 정도의 짧은 강론, 그리고 성찬의 전례 중 일부만을 생략한 핵심적인 순서가 그대로 진행되었습니다. 드디어 결정적인 영성체의 시간, "그리스도의 몸!" 하시면서 신부님께서 성체를 들어 올리시고, 우리가 떨리는 목소리로 "아멘!" 하면서 성체를 모셨을 때 우리 두 사람이 느꼈던 벅찬 감동은 평생토록 잊지 못할 것입니다. 분명 그리스도의 몸 그 현존을 느꼈습니다.

온천 호텔에 돌아오니 우리 일행은 모두 목욕을 갓 마친 후의 그 상기된 좋은 얼굴로 식당에 모여 있었습니다. 그러나 그들의 얼굴보다도 성체를 모시고 돌아온 우리 두 사람의 얼굴이 더 환하게 빛나지 않았을까 생각합니다.

그날 늦은 밤 서울로 돌아오는 버스 안에서 우리는 오래전에 읽은 『러시아에서 그분과 함께(With God in Russia)』라는 책에 대하여 이야기를 하였습니다. 취제크(Walter J. Ciszek)라는 예수회 소속 미국인 신부님이 러시아의 강제수용소에서 겪은 23년간의 소설 같은 체험을 쓴 책입니다. 거기에 이런 내용이 있습니다. 수용소에서 혹독한 감시의 눈을 피하며 5년 만에 처음으로 미사다운 미사를 드리는 장면입니다.

"포도주는 수인들이 부둣가에서 훔쳐온 건포도로 담은 것이고 빵은 부엌에서 갖은 꾀를 써서 얻어온 것이며 성작은 유리로 된 위스키 잔이고 성체를 담은 접시는 회중시계에서 떼어낸 뚜껑이었다. 그러나 그날 아침 미사를 드리는 나의 기쁨은 도저히 말로서는 표현할 수 없는 것이었다."

물론 그처럼 열악한 처지에서 직접 미사를 집전하셨던 그 신부님의 기쁨에야 비할 수 없겠지만, 적어도 우리는 그날 평범한 신자로서는 결코 잊을 수 없는 감격적인 미사를 경험하였습니다.

그 얼마 후 후포성당의 신부님으로부터 저에게 우편물 한 통이 배달되어 왔습니다. 봉투 안에는 후포성당의 주보가 한 장 들어 있었습니다. 주보 3면에 '우리 성당 식구들의 살아가는 이야기들'이라는 정겨운 난이 있었는데 중간쯤에 다음과 같은 내용이 있었습니다.

"지난 주일 서울 목5동성당에 다니시는 김 모이세, 성 이레네 부부께서 성당을 찾아와 조배하신 후 감사헌금을 봉헌하셨습니다. 여행을 다니시다가 성당을 보시고 찾아와 조배하시는 모습이 참 좋았습니다."

그리고 그 여백에 신부님의 친필로 "모이세, 이레네 부부님, 즐거운 여행이 되셨습니까? 주보를 영수증 삼아 보내드립니다. 감사합니다."라고 쓰여 있었습니다. 주보에 인쇄된 그날의 주일미사 참석자는 모두 90명이었습니다. 우리는 지금도 그 주보를 무슨 보물처럼 간직하고 있습니다.

그해 여름 우리는 그렇게 여행 중에 어느 시골의 작은 성당에서 성체 안에 계신 주님을 만났습니다. 마치 엠마오로 가던 제자들이 길에서 예수님을 만나고도 알아보지 못하다가 빵을 떼어주는 순간 눈을 떠서 예수님을 알아보았듯 우리는 그렇게 주님을 만났습니다.

오늘도 감실 안에 계신 주님은 우리의 말씀을 다 듣고 계십니다.
이 사순시기에 그때의 주님을 다시 회상하며 회개와 보속의 나날을 보내려고 다짐합니다.

— 목5동성당《해나리》, 2004. 3.

내가 너희를 택하였으니

가장 아름다운 계절, 성모성월(聖母聖月)에 '라자로돕기회' 여러분과 지면을 통해서 만나게 된 것을 기쁘게 생각합니다.

사람들에게는 누구나 자신에게 깊은 감명을 주거나 변화를 가져다 준 사람, 그래서 오래도록 기억에 남는 특별한 사람이 있습니다. 저에게도 제 신앙생활에서 결코 잊을 수 없는 두 분 사제가 계십니다.

저는 오래전에 영세를 받고도 참 신앙이 무엇인지 모른 채 그저 주일미사나 참례하는 것이 신자로서의 의무를 다하는 것으로 알고 지냈습니다. 본당의 그 어떤 봉사 모임에도 참석하지 않고, 봉사라는 것은 그저 여성 교우들이나 어릴 때부터 신자 집에서 자란 사람들이나 하는 것으로 알았습니다.

가끔 본당에서 무슨 봉사직을 맡기려고 하면 지금은 신심이 모자라고 또 바쁘기도 하니 좀 더 있다가 신심이 깊어진 후에 하겠다고 스스로 미루고만 지냈습니다.

그러던 어느 날 미사가 끝난 뒤 본당 신부님으로부터 구역장직을 맡아달라는 부탁을 받았습니다. 저는 구역장이 무엇을 하는 것인지도 모른 채 순명하겠다고 대답해 버렸습니다. 그 당시 신부님께서는 불모지에 새 성전을 신축하시느라 젊음을 다 바치고 계셨기 때문에 그분이 처음으로 나에게 하시는 부탁을 단지 미안한 마음에서 거절할 수가 없었기 때문이었습니다.

그런데 놀랍게도 그 일을 맡으면서부터 제게는 변화가 오기 시작했습니다. 비로소 신앙 공동체 안에서 형제자매들을 만나고 봉사하는 기쁨을 알게 되면서 멀게만 생각했던 주님을 조금 더 가까이에서 알게 되고 어렴풋이나마 느낄 수 있게 되었습니다.

그동안 저는, 수영을 배우기 위해서는 먼저 물속에 들어가야만 한다는 원리를 모르고, 물 밖에서 수영을 완전히 익히고 난 다음에 물속에 들어가겠다는 어리석은 생각을 하고 있었던 것입니다.

신심이 깊은 사람만이 봉사직을 맡을 수 있다고 생각했던 저에게 최초로 봉사의 기회를 주신 그 신부님을 저는 항상 고맙게 생각하면서 어느 곳에 가 계셔도 기억하며 기도하겠다고 마음먹었습니다.

그 후 제 직장의 인사이동으로 제가 지방으로 발령이 나고 성당 봉사직도 임기가 끝날 무렵 그 신부님도 본당을 떠나셨습니다. 그와 함께 저의 신앙생활도 조금씩 식어질 수 있는 위험한 시기에 주님께서는 때맞춰 새로운 사제 한 분을 만나게 해 주셨습니다.

여러분이 너무나 잘 아시는 '성라자로마을'의 이경재 신부님이 바로 그분이십니다.

이경재 신부님과의 만남은 한센병 환자들에게 평생을 바친 한 사제의 희생과 사랑이 얼마나 엄청난 열매를 맺을 수 있는가를 실증으로 보여주었으며, 그런 의미에서 저에게 지금까지와는 또 다른 새로운 신앙의 눈을 열게 해 주었습니다.

얼마 전 이경재 신부님께서 저에게 라자로돕기회 부회장직을 맡아 당신을 좀 도와달라고 하셨습니다. 사실 저는 그때까지 성라자로마을이나 라자로돕기회에 대하여 별로 아는 것이 없었습니다. 또 저에게 한센병 환자와 관계되는 것이 있다면 어린 시절 아지랑이 피던 날 동네 어귀에 나타난 '문둥이'들을 보고 겁이 나서 달아나곤 했던 것이 기억의 전부였습니다.

그러나 앞서 말씀드린 것처럼 먼저 물속에 뛰어드는 것이 수영을 익히는 첩경이라는 것을 체험했기 때문에 두말없이 신부님의 말씀에 순명했습니다.

저희 가족은 지난해 성탄전야 미사를 성라자로마을에서 환우들과 함께 지내고, 또 이 마을에서 처음으로 맞이하는 보좌신부인 강 신부님의 사제서품 후 첫 미사도 그곳에서 보았습니다. 이렇게 성라자로마을 출입의 횟수를 늘리면서 조금씩 이 마을과 정이 들게 되었습니다. 이제 성라자로마을은 저에게 지금까지와는 또 다른 새로운 세계로 다가오고, 환우들에 대한 관심과 애정의 싹도 조금씩 자라고 있습니다.

우리는 성서에서도 한센병 환자에 관한 이야기를 자주 발견합니다. 오늘날뿐만 아니라 예수님 시절에도 그 문제는 자못 심각했던 것 같습니다. 그러나 실상 한센병이라는 것은 그 병 자체의 심각성도 문제이겠지만, 그것을 통해 드러나고 있는 우리 사회의 불우한 이웃에 대한 소외 현상의 상징으로 더욱 심각하게 받아들여져야 할 것 같습니다.

세상의 모든 소외를 대변하는 것이 한센병이라면, 오랜 세월 그들과 함께해온 이경재 신부님과 라자로돕기회 여러분의 시도는 모든 소외된 사람들에게 손을 내밀어 붙잡아 주시던 예수님 손길 바로 그것으로 이어지는 것이 아닌가 생각합니다.

아직은 이 모임에서 제가 무엇을 어떻게 해야 할지 모르겠습니다. 다만 "너희가 나를 택한 것이 아니라 내가 너희를 택하였노라."(요한 15:16) 하시면서 또 다른 방법으로 저를 불러 주시는 주님께 그저 모든 것을 맡기고자 할 따름입니다. 그리고 제가 할 수 있는 모든 정성을 다하여 환우 여러분 및 회원 여러분들과 계속 만나고 대화할 수 있기를 바랄 뿐입니다.

— 잡지 《성라자로마을》, 1996. 6. 27.

새아침, 주인 된 마음으로
— 목5동성당 《해나리》 잡지 권두언

친애하는 목5동성당 교우 여러분!

은총의 대희년(大喜年)을 맞이하기 위하여 온 교회가 벅찬 감격으로 준비하며 기다리던 때가 엊그제 같은데 어느새 한 해가 가고 이렇게 새로운 한 해를 맞이하게 되었습니다. 새해에는 우리 교우 모두의 삶이 주님의 사랑 안에서 더욱 은혜롭고 풍요로워지기를 간절히 기도하며 새해 인사를 올립니다.

그동안 우리 성당 교우의 숫자도 많이 불어났습니다. 또 여러모로 부족한 제가 우리 성당 사목회장의 중책을 맡아 새로운 사목회가 출범하면서 봉사자들의 면면도 많이 바뀌었습니다. 이와 함께 우리 성당의 자랑인 잡지 《해나리》의 지면도 적지 않은 변화를 보이고 있습니다. 지금까지 예외 없이 신부님들만이 고정적으로 써 오시던 권두언을 앞으로는 사제와 평신도가 함께 참여하여 쓰게 된다고 합니다. 아마도 사제와 평신도가 함께 어우러져 우리 공동체의 일치를 이루어 나가고자 하시는 주임신부님의 특별한 배려에서 비롯된 것이 아닌가 생각합니다.

지난 한 해 동안 우리는 교회 안에서 많은 일들을 함께 겪었습니다. 홍 회장님을 비롯하여 정들었던 몇몇 교우들을 먼저 떠나보내는 슬픔을 겪었는가 하면 새로이 부제님이 탄생하시는 큰 기쁨도 누렸습니다. 많은 교우들이 대성전에 모여 단지별 성가잔치를 벌이며 모처럼 화합과 일치의 장을 즐기기도 하였습니다.

이제 새천년기의 첫해를 맞으면서 저에게는 작은 소망이 하나 있습니다. 저를 포함한 우리 모든 교우가 지금보다 조금씩만 더 주인의식을 가져 주셨으면 하는 것입니다. 가나의 혼인 잔치에서 포도주가 떨어진 것을 먼저 아시고 자진하여 예수님께 도움을 청하시는 성모님의 모습에서 우리는 그러한 마음을 본받을 수 있습니다.

물론 우리 교회 안에도 많은 분들이 묵묵하고 성실하게 맡은 바 소임을 다해 나가고 계심을 잘 알고 있습니다. 나아가 어느 곳에 어떤 손길이 필요한지를 남보다 먼저 알아내어 땀과 노고를 아끼지 않는 숨은 분들이 계심도 잘 알고 있습니다. 그러나 아직도 우리 교회에는 누군가의 손길을 기다리는 어려운 일들이 숱하게 남아 있습니다. 또 때로는 어떤 봉사직의 임기가 끝나고 후임자를 지원하는 사람이 없어 겪는 어려움이 우리를 우울하게 하고 지금까지 공석으

머문 듯 가는 것이 세월인 것을

로 남아 있는 몇 자리는 우리를 더욱 안타깝게 합니다.

교우 여러분!

교회는 주님의 부르심을 받은 우리들 스스로의 손으로 가꾸어 나가야 할 동산이 아니겠습니까? 따라서 이 과정에서 누군가가 맡지 않으면 안 되는 봉사의 역할에 대하여, '왜 하필이면 내가 해야 하는가?'라는 생각에서 '그래, 내가 맡아서 해야지.'라고 생각을 바꾸면 힘도 훨씬 덜 들고 대부분의 경우에 특별한 기쁨도 맛볼 수 있게 됩니다.

새해에는 연령회도 하루 속히 훌륭한 새 회장님을 찾아 모셔 그 역할과 기능을 다할 수 있기를 바랍니다. 그 밖의 모든 기관 단체는 물론 우리 교우들 한 분 한 분마다 스스로 할 일을 찾아 봉사와 선교에 나서는 주인의식을 유감없이 보여 주셨으면 참 좋겠습니다.

우리 목5동성당은 성가정 성당입니다. 새해에도 우리 모두의 가정이 청정하고 건강한 가운데 성가정을 이룩하는 좋은 한 해가 되기를 기도드립니다.

— 목5동성당 《해나리》, 2001. 1.

신부님, 우리들의 새 신부님
— 조현준 신부님 서품 첫 미사 후 축사

신부님, 우리들의 조현준 바오로 새 신부님!

진심으로 축하드립니다. 그리고 우리에게 이토록 훌륭한 새 사제를 주신 주님께 감사와 찬미를 올립니다.

지난 7월 5일 서품식장에서도 그랬지만, 오늘 이 첫 미사에서도 저희는 걷잡을 수 없이 눈시울이 뜨겁고 가슴이 벅차오름을 느낍니다.

우리 본당 창립 시초부터 우리 교우들과 함께 살아온 '조현준 신학생'이 마침내 사제가 되어 자신을 온전히 주님께 봉헌하기에 이른 것입니다.

한 분의 사제가 탄생하기 위하여서는 참으로 많은 요소들이 완벽하게 갖추어져야 한다고 합니다.

무엇보다도 먼저 일찍부터 주님의 부르심에 따르려 하는 본인의 간절한 염원과 의지와 용기가 있어야 합니다.

나아가 부모님의 평생에 걸친 염려와 간구가 따라야 하고, 여러 사제와 수도자들의 혜안(慧眼)과 보살핌이 있어야 하며, 여기에 많은 교우들의 끊임없는 사랑과 기도가 보태어져야 할 것입니다.

저희들이 보기에 조 바오로 새 신부님에게는 이러한 것들이 빠짐없이 다 갖추어져 있는 것 같습니다.

조 신부님께서는 신심 깊은 집안에서 태어나 8세 때 영세를 받으시고 초등학교 3학년 때부터 복사로 봉사하셨습니다.

그때 이미 조 신부님께서는 자신에게 다가올 성소(聖召)를 느끼셨던지 장차 커서 신부가 되겠다고 공언하셨고, 당시의 본당 신부님도 그렇게 될 것으로 예언하셨다고 합니다.

마침내 그 예언대로 신학교에 입학하시고 무려 10년간의 길고도 어려운 과정을 신부님께서는 깊은 신앙으로 잘 극복해 오셨습니다.

우리 평신도들은 신학교 생활이 어떠한지 잘 알지 못하지만, 신부님께서는 언제나 방학 때가 되면 어김없이 본당에 돌아오셔서 매일매일 새벽 미사에 참여하시고 또 여러 가지로 조용히 봉사하셨습니다.

그 자세는 언제나 한결같으셨습니다.

우리 모든 교우들은 그러한 신부님의 앳되고 순진무구한 표정, 그러면서도 부드럽고 따뜻한 마음씨를 진심으로 좋아하고 사랑해 왔습니다.

지난 서품식에 어린이, 청장년, 노인분들 할 것 없이 유례를 찾을 수 없을 만큼 수많은 교우들이 참석하여 성황을 이룬 것도 신부님과 교우들 간에 오래전부터 맺어진 애정의 발로라고 생각합니다.

언제나 서품식은 거기에 참석하는 평신도들에게도 뜨거운 감정을 느끼게 해줍니다만, 특히 성인호칭기도를 할 때 신부님께서 다른 새 신부님들과 함께 바닥에 엎드려 몸을 낮추시던 모습은 평소 신부님의 겸손하신 자세와 완전히 일치됨을 느꼈습니다.

또 서품식이 끝난 후 구슬땀을 흘리시면서 첫 강복을 주실 때 온몸에 전류처럼 퍼지는 뜨거운 기운을 저희 교우들은 결코 잊지 못할 것입니다.

우리 교우들의 심정이 이러할진대, 그 부모님의 감격이야 어떠하겠습니까.

잘 아시다시피 아버님이신 조현래 안드레아 회장님과 어머님이신 탁정자 마리안나 자매님은 일생을 교회에 헌신해 오셨으며, 어느 누구보다도 신심이 두텁고 인품이 고매하여 우리 모든 교우들의 존경을 받으시는 분들입니다.

그 아드님을 이토록 훌륭한 신부님으로 길러서 봉헌하신 두 분께 머리 숙여 감사와 축하를 올립니다.

또 이 기회를 빌려 오랜 시간 동안 새 사제의 탄생을 위해 애쓰시고 사랑을 베풀어 주신 역대 신부님들과 주위의 모든 분들께 가슴에서 우러나오는 감사를 드립니다.

과거는 미래를 비추어 주는 거울입니다.

우리 새 신부님의 지난날을 돌이켜 볼 때 저는 신부님께서 앞으로 맑은 영혼과 뜨거운 사랑으로, 그리고 순명과 정결과 청빈의 덕목으로 사목하는 참된 사제가 되실 것을 믿어 의심치 않습니다.

새 신부님께서는 이번에 서품성구를 "하느님의 사랑을 영원토록 노래하리라"라는 시편의 말씀으로 택하셨습니다.

저희들도 그 뜻을 어렴풋이나마 헤아릴 수 있을 것 같습니다. 부디 신부님께서 그 말씀대로 하느님의 사랑을 영원토록 노래하면서, 영육 간에 건강하신 가운데 착한 목자의 길을 걸으시도록 간절히 기도드리겠습니다.

영원한 사제이신 예수님, 새 사제의 모든 사업에 강복하시어, 은총의 풍부한 열매를 맺게 하소서. 아멘.

— 목5동성당 《해나리》, 2001. 7.

제4부

공직에서 보낸 메시지들

서울고검장 퇴임사

친애하는 검찰가족 여러분!

오늘 저는 정든 여러분과 작별을 고하고자 합니다. 제가 1972년 4월 12일 자로 검찰에 몸담은 지 어언 30여 년, 그 기나긴 세월을 저는 한시도 검찰을 떠나 본 적이 없습니다.

검찰은 저에게 햇볕이나 공기와 같은 존재였습니다. 또 때로는 검찰은 이를 놓쳐서는 절대로 안 되는 외줄기 동아줄처럼 생각되기도 하였습니다.

제 생애의 가장 활기차고 중요한 부분을 이곳에서 보낸 후 이제 문득 이곳을 떠나려 하니 만감이 교차합니다.

우리 검찰은 때로는 영광과 보람으로, 때로는 회한과 오욕으로 점철되어 왔습니다.

그러나 저는 그 어느 경우를 막론하고 한결같이 검찰을 염려하고 또 검찰을 사랑해 왔다고 자부하고 있습니다. 또, 한순간도 검찰에 투신한 것을 후회해본 일이 없습니다.

그러는 사이에 어느덧 검찰 원로의 반열에 서서 그런대로 대과 없이 검찰 생활을 마감하게 되었습니다.

이 모든 것이 이 시대를 함께 살아온 검찰 선배, 동료, 후배들을 비롯한 검찰가족 모든 분들의 덕분이었습니다. 감사하고 감사할 따름입니다.

우리 모두가 함께 느끼는 바와 같이 오늘날 우리 검찰은 매우 큰 어려움을 겪고 있습니다. 검찰에 대한 국민의 기대와 사랑은 점점 엷어져 가고, 불신의 늪은 점점 더 깊어져 가고 있는 실정입니다.

검찰이 오늘과 같은 상황에 이르게 된 데 대하여 저 스스로 검찰 원로의 한 사람으로서 깊은 자괴감을 금할 길 없습니다. 그래서 오늘 검찰을 떠나는 저의 마음은 한없이 무겁습니다.

그러면서 여러 면으로 자신을 되돌아보게 됩니다.

과연 나는 검사 생활을 하면서 필요할 때마다 검사로서의 용기와 정의감을 발휘하였던가? 혹시 외부적 요소나 타의에 휘둘려 바른 길을 버리고 내키지 않는 그릇된 길을 선택한 일은 없었던가?

저는 그러한 일이 없지 않았음을 부끄럽게 여깁니다.

과연 나는 말로는 '원칙과 정도'를 말하면서 실제로는 그 뒤안길에서 현실에 안주한 일은 없었던가? 혹시나 강자의 이익에만 봉사하고 가난한 자, 소외된 자, 기타 보잘것없는 사람들의 억울한 사연을 소홀히 한 일은 없었던가?

저는 그러한 일이 없지 않았음을 부끄럽게 여깁니다.

과연 나는 실체적 진실 발견에 대한 인내와 끈기를 지니고 있었던가? 사건을 떼는 데에만 급급하여 당사자 간의 분쟁을 종국적·근원적으로 해결해 주려는 노력을 소홀히 한 일은 없었던가?

저에게 그러한 일이 없지 않았음을 저는 부끄럽게 여깁니다.

과연 나는 검사라는 직업이 본래 외로울 수밖에 없다는 속성을 잊어버리지는 않았던가? 그 외로움을 견뎌내지 못한 나머지 마음의 형평과 판단에 나쁜 영향을 미칠 수도 있는 사람들과 적당한 거리를 두는 데 소홀히 했던 일은 없었던가?

저에게 그러한 일이 없지 않았음을 저는 부끄럽게 여깁니다.

오늘날 우리가 겪는 검찰의 위기는 어쩌면 저를 포함한 일부 인사들이 그러한 자세를 갖추지 못하고, 그러한 소임을 다하지 못한 데서 오는 필연적인 결과인지도 모릅니다. 이렇게 볼 때 오늘의 위기상황에 대한 제1차적 책임은 우리 검찰 스스로에게 있다는 점을 솔직히 시인하지 않을 수 없습니다.

물론 외부적 요소에 의하여 다소 왜곡되기도 하고 또 실제 이상으로 부풀려진 면도 없지는 않을 것입니다. 그러나 다른 이들을 원망하기 전에 그 단초를 제공한 것은 역시 우리 자신임을 정면으로 인정해야만 합니다.

그러한 전제에서 출발하지 않는 한 우리 검찰의 영광과 신뢰의 회복은 대단히 어렵다고 저는 생각합니다.

오늘의 어려운 상황을 해결하기 위하여 어떠한 분들은 검찰의 제도개혁을 주장합니다.

그러나 이 시점에서 진실로 우리에게 필요한 것은 제도개혁이라기보다는 우리의 의식개혁입니다. 의식의 개혁 없는 제도 변경이 별다른 효과를 발휘하지 못함을 우리는 여러 차례 경험했습니다.

한 사람 한 사람이 모두 내가 검찰의 주인이라고 생각해야 합니다. '원칙과 정도', 그것도 말로만의 '원칙과 정도'가 아니라 실천과 행동이 따르는 '원칙과 정도'를 따라야 합니다.

그것이 유일한 해결책이고 또 그렇게 하면 반드시 해결될 것입니다.

우리 검찰의 손상된 권위와 신뢰를 되찾는 것, 이것은 우리 검찰에게 주어진 절체절명의 과제입니다. 저는 이 과업을 미완성의 장으로 후배 여러분에게 맡기고 떠날 수밖에 없음을 매우 죄송스럽게 생각합니다.

동시에 저는 남은 후배 여러분들이 언젠가 이 과업을 반드시 완수하시리라는 점을 굳게 믿으며, 크게 기대합니다.

이제 작별을 고하고자 합니다.

검사 여러분, 검찰직원 여러분, 지난 세월 저에게 베풀어주신 과분한 사랑에 거듭거듭 감사드립니다. 저는 언제 어디서나 여러분이 성취하시는 모습을 바라보는 것으로 큰 기쁨을 삼고 또 이를 위하여 간절히 기도하겠습니다.

끝으로 제가 평소에 애송하고 있는, 에머슨이 쓴 「무엇이 성공인가」라는 시 한 편을 여러분에게 마지막 선물로 드리고자 합니다.

무엇이 성공인가

랠프 왈도 에머슨

자주 그리고 많이 웃는 것
현명한 이에게 존경을 받고

아이들에게서 사랑을 받는 것

정직한 비평가의 찬사를 듣고

친구의 배반을 참아내는 것

아름다움을 식별할 줄 알며

다른 사람에게서 최선의 것을 발견하는 것

건강한 아이를 낳든

한 뙈기의 정원을 가꾸든

사회 환경을 개선하든

자기가 태어나기 전보다

세상을 조금이라도 살기 좋은 곳으로

만들어 놓고 떠나는 것

자신이 한때 이곳에 살았음으로 해서

단 한 사람의 인생이라도 행복해지는 것

이것이 진정한 성공이다.

— 2002. 1. 17.

머문 듯 가는 것이 세월인 것을

법무부 장관 인사청문회 모두 발언

존경하는 최병국 위원장님, 그리고 법제사법위원회 위원님 여러랑분!

오늘 여러모로 부족함이 많은 제가 새로운 시대를 여는 이명박 정부의 첫 법무부 장관 후보자로서 감히 국민을 대표하는 여러분들 앞에 섰습니다.

영광에 앞서 막중한 책임감에 어깨가 무겁습니다.

저는 원래 2남 4녀 중 막내로 태어났으나 초등학교 시절, 스물셋의 나이로 홀몸이 되신 숙모님께 양자로 들어가 돌아가실 때까지 40년간 그 어머니를 모시고 살아왔습니다.

가세가 빈한하여 힘든 생활을 하면서 어렵사리 학교를 다녔습니다마는 그런 가운데서나마 어머니의 지극한 사랑 속에 나름대로 꿈과 포부를 키우면서 별 구김살 없이 청소년기를 보낼 수 있었습니다.

대학을 졸업한 후 1970년 사법시험에 합격하여 오늘에 이르기까지 일평생 법조인의 외길을 걸어 왔습니다. 1972년부터는 검찰에 투신하여 2002년 법무부 차관과 서울고등검사장을 마지막으로 퇴임하기까지 30년을 검찰과 법무부에 봉직하였습니다.

검찰에 재직하는 동안 평검사에서 고등검사장에 이르기까지 저는 나름대로 모든 사건처리 과정에서 '원칙과 정도'를 지키면서, 법을 엄정·공명하게 집행하려고 고민하고 노력했습니다.

또 법무부에서 과장, 실국장 그리고 차관으로 재직하면서 검찰조직의 발전과 법무업무의 개선을 위하여 진력하였으며, 특히 중요 법령의 정비와 범국민준법운동, 그리고 사회적으로 소외된 재소자들의 인권향상과 사회복귀를 위하여 힘을 썼습니다.

공직에서 퇴임한 후 최근 6년간은 국내 유수한 법무법인 대표변호사의 직을 맡아 조직을 관리하는 한편, 고객들이 믿고 맡긴 일들을 열과 성을 다해 수행하고, 공익활동과 사회적 약자의 권익 향상에도 게을리하지 않았습니다.

그리고 한 사람의 자연인으로서 정기적으로 교도소 재소자를 방문하여 교화·지원하고, 노숙자 급식, 나환자 돕기 등 봉사활동에도 작은 힘이나마 보태왔으며, 아내와 더불어 태안에 가서 하루 종일 바위틈의 기름을 닦아 내기도 하였습니다.

아울러 인성의 착함에 기대를 거는 한국휴머니스트회 활동과 우리 사회의 현안에 대한 언론기고 등을 통해 우리 사회의 건강한 발전을 이끄는 데 일조를 하기도 하였습니다.

물론 다른 분들 앞에 특별히 내세울 만한 삶이 아니었음을 스스로 잘 알고 있습니다.

그러나 저는 오늘 이 청문회에서 그간의 제 삶의 경험과 경륜을 바탕으로 위원님 여러분들이 국민을 대표하여 주시는 질문에 진실하고 겸허한 자세로 답변 드리고자 합니다.

동시에 제게 주시는 귀중한 충고 말씀은 국민의 소리로 마음에 깊이 새길 것을 약속드립니다.

존경하는 위원장님과 위원님 여러분!

잘 아시는 바와 같이 우리나라는 전란의 상처를 비롯한 갖가지 어려움에도 불구하고 산업화와 민주화를 단기간에 달성하고, 마침내 세계 10위권의 경제대국으로 성장하였습니다.

그렇지만 단기 고속성장에 따른 부작용도 만만치 않습니다. 사회적 신뢰는 취약하고, 계층 간 양극화가 심화되었으며, 법치가 약화됨으로써 공공질서는 위기를 맞고 있습니다.

법과 질서를 지키기보다는 부정이나 반칙, 특권으로 문제를 해결하려 들고, 법을 지키면 오히려 손해 본다는 인식이 팽배해 있습니다.

이러한 그릇된 법문화는 사회적 비용을 크게 증가시켜 국가의 경쟁력을 약화시킴으로써 우리나라가 선진국으로 도약하는 데 걸림돌이 되고 있습니다.

저는 평생을 법률가로 봉직한 사람으로서 이러한 우리나라의 현실에 대하여 안타까움을 금할 수가 없으며, 저 자신 깊은 자괴감과 책임감을 느낍니다.

이러한 점에서 저는 현재 우리나라의 가장 시급한 과제는 '법질서 확립'이라고 생각합니다.

새 정부가 가장 역점을 두고 있는 경제 살리기도 바로 이러한 법질서 확립의 전제하에서만 실현 가능한 것이라 믿습니다.

제가 만약 법무부 장관이 된다면 어떠한 희생을 무릅쓰고라도 우리 사회의 법질서 확립에 혼신의 노력을 경주하겠습니다.

공공연히 법을 유린하는 것을 방관하거나 법을 크게 위반한 사람이 거리를 활보하는 모습이 용납되어서는 안 될 것이라 생각합니다.

법을 지키는 사람은 반드시 혜택을 받고 법을 어기는 사람은 반드시 불이익을 입는 그런 사회를 만들겠습니다.

같은 차원에서 우리 사회에 아직도 남아있는 부패를 뿌리 뽑는 데 머뭇거리지 않겠습니다.

부정과 비리는 사회를 좀먹는 가장 큰 해악이기 때문입니다.

아울러, 국민 누구나 안심하고 생활할 수 있도록 폭력과 범죄로부터 안전한 사회기반을 구축하는 일에도 소홀히 하지 않겠습니다.

또한, 범죄자의 교화와 외국인 정책 및 출입국 관리 등 법무행정 전반에서 어느 누구도 '사법 양극화'를 느끼지 않도록 따뜻한 법치주의를 실현하는 데도 힘을 쏟겠습니다.

이런 일들을 성공적으로 수행하기 위하여 모든 법무·검찰의 운영을 '원칙과 정도'에 입각하여 진행하도록 하겠습니다.

'원칙과 정도'는 우리가 매사를 바르게 처리할 수 있는 잣대와 같은 것이라 생각합니다.

일정하지 못한 잣대로 무언가를 재단하려 드는 것이 얼마나 허황되고 위험한 일이겠습니까.

특히 여러 주체나 집단 간의 이해가 첨예하게 대립되고 갈등이 심화될수록 그 문제를 풀기 위하여 우리가 의지해야 할 것은 바로 '원칙과 정도'라고 생각합니다.

저는 이러한 기준이 사회의 갈등을 다루는 법무·검찰의 전 영역에서 확고하게 자리 잡도록 최선의 노력을 다하겠습니다.

아울러, '인간으로서의 존엄과 가치'가 우리 헌법의 최고 이념임을 명심하고 이 이념을 실현하는 것이 법무·검찰의 가장 큰 소명임을 잊지 않겠습니다.

'실체적 진실의 발견'도 매우 중요하겠습니다. 그렇지만 특정인에 대한 '인간의 존엄과 가치'가 무너지는 가운데 얻어지는 실체적 진실은 허무한 것이라고 생각합니다.

인권옹호가 법무·검찰의 또 하나의 중요한 사명이 되는 이유가 바로 여기에 있다고 봅니다.

그리고 이러한 일들을 처리함에 있어 법무부의 모든 구성원, 특히 젊은 검사들이 인생에 대한 성찰을 소홀히 하는 일이 없도록 각별히 잘 지도해 나가겠습니다.

여기에 보태어 법무행정이 시대에 뒤떨어지는 일이 없도록 구성원 개인의 창의성을 강화하고 개혁을 지속적으로 추진해 나감으로써 새로운 법률문화를 창조하겠습니다.

국민을 불편하게 하는 각종 법제도와 관행을 발굴하여 이를 정비하겠습니다.

특히 국민들이 지킬 수 없는 불합리한 법령을 찾아 바로잡아 나감으로서 법이 국민들로부터 멀어지는 일이 없도록 하겠습니다.

아울러, 국민을 섬기는 자세를 체질화하고 민원인이 보다 쉽고 편리하게 접근하여 서비스를 받을 수 있도록 문턱을 낮추겠습니다.

존경하는 위원장님과 위원 여러분!

저는 오랜 세월 법과 더불어 살아왔지만 법무행정의 수장이라는 막중한 임무를 맡기에는 많이 부족하다는 것을 잘 알고 있습니다.

그렇지만 업무에 대한 열정만은 다른 누구에게도 뒤지지 않는다고 감히 자부하고 있습니다.

또 그동안 재야에서 법무행정을 보면서 국민이 법무·검찰에 대하여 어떤 생각을 하고 있는지, 법무부가 국가와 사회 발전을 위하여 무엇을 하고, 어떻게 해야 하는지를 조금은 더 잘 알게 되었다고 생각합니다.

저는 이미 국가와 사회로부터 분에 넘치는 많은 혜택을 받아왔고, 그것에 대해 항상 감사하게 생각해 왔습니다.

그런데 너무나 뜻밖에도 이번에 다시 국가의 부름을 받게 되었습니다.

하늘이 주신 마지막 공직이자 국가와 사회에 대한 최후의 봉사 기회로 알고 하루하루를 소중하게 사용하겠습니다.

이 땅에 법과 질서를 확립하고 국가와 국민의 이익을 최우선 가치로 삼으며 진심으로 국민을 섬기는 자세로 살겠습니다.

존경하는 위원장님과 위원님 여러분의 애정 어린 격려와 성원, 그리고 가르침을 당부드립니다.

감사합니다.

— 2008. 2. 28.

머문 듯 가는 것이 세월인 것을

법무부 장관 취임사

I

여러분, 반갑습니다.

새로운 시대를 여는 이명박 정부의 초대 법무부 장관으로 여러분과 함께 일하게 되었습니다.

먼저 그동안 법무행정을 훌륭하게 이끌어 오신 전임 정성진 장관님의 노고에 깊은 감사와 경의를 표합니다.

또한 여러 가지로 어려운 여건 속에서도 경향 각지에서 묵묵히 소임을 다해 온 법무가족 여러분들에게 진심으로 감사의 말씀을 드립니다.

중책을 맡아 마음 한구석의 부담감을 지울 수 없었는데, 법무·검찰을 떠난 지 6년 만에 돌아온 저를 반갑게 맞아주는 여러분들을 대하고 보니 어떤 어려움이라도 헤쳐 나갈 수 있다는 자신감이 생깁니다.

II

법무·검찰가족 여러분!

세계는 지금 엄청난 속도로 변화하고 있습니다. 우리나라도 이에 발맞추어 전란의 상처를 비롯한 갖가지 어려움에도 불구하고 산업화와 민주화를 단기간에 달성하고, 마침내 세계 10위권의 경제대국으로 성장하였습니다.

그렇지만 단기간의 고속성장에 따른 부작용도 만만치 않았습니다. 정부에 대한 사회적 신뢰는 취약하고, 계층 간 양극화가 심화되었으며, 특히 사회 일각의 법질서가 해이해져 위기를 맞고 있습니다.

법과 질서를 지키기보다는 부정이나 반칙, 특권으로 문제를 해결하려 들고, 법을 지키면 오히려 손해 본다는 인식이 팽배해 있습니다.

따라서 저는 현재 우리나라의 가장 시급한 과제는 '법질서 확립'이라고 생각합니다.

새 정부가 가장 역점을 두고 있는 경제 살리기도 법질서 확립이

전제되지 않고서는 그 실현이 어렵다고 하겠습니다.

이제 우리 사회에서 공공연히 법을 유린하는 것을 방관하거나 법을 크게 위반한 사람이 거리를 활보하는 모습이 용납되어서는 안 될 것입니다.

법을 지키는 사람은 반드시 혜택을 받고 법을 어기는 사람은 반드시 불이익을 입는 그런 사회를 만들어야 합니다.

특히 다수의 위력이나 폭력적 방법을 동원하여 의사를 관철하려는 불법 집단행동은 법에 따라 단호히 조치되어야 합니다.

법적 판단 외의 사유로 미봉적이거나 온정적인 처리를 반복한다면 법질서의 확립은 결코 달성될 수 없다는 점을 직시해야 합니다.

또한, 이에 못지않게 중요한 것은 우리 법무·검찰의 기본 사명인 '부정과 비리'를 근절하는 일입니다.

우리 사회에 여전히 남아 있는 부패를 뿌리 뽑는 데 머뭇거려서는 안 될 것입니다. 부정과 비리는 건강한 사회를 좀먹는 가장 큰 해악이기 때문입니다.

작년 9월 국제투명성기구(TI)는 우리나라 부패인식지수가 세계 180개국 중 43위라고 발표하였습니다.

우리 경제력 수준에 비하면 매우 저조한 실적입니다.

그 중에서도 공직부패나 탈세범죄 등 사회지도층의 부정부패를 더욱 엄정하게 단속하고, 우리 사회에 만연되고 있는 '유전무죄·무전유죄'라는 사회적 불신도 청산되도록 힘써야 할 것입니다.

아울러, 국민 누구나 안심하고 살아갈 수 있도록 각종 범죄를 예방하고 범죄자들을 잘 교화·관리하는 일에도 소홀함이 없어야 하겠습니다.

그리고 외국인 정책 및 출입국 관리 등 법무행정 전반에 걸쳐 어느 누구도 사법 양극화를 느끼지 않도록 배려하고, 나아가 우리 사회 각 분야에서 소외되고 약한 사람들을 법적 측면에서 세심히 보호하는 일에도 힘을 써 '따뜻한 법치'가 실현될 수 있도록 해야 할 것입니다.

오는 4월 9일 국회의원 선거가 있습니다. 새 정부 출범 후 처음 치러지는 선거입니다.

그동안의 불법 선거운동에 대한 지속적인 단속의 결과 선거문화가 크게 개선되었다고 평가받고 있습니다.

그러나 최근 몇몇 사건에서 알 수 있듯이 아직도 금품선거의 잔재가 남아 있을 뿐만 아니라 근거 없는 비방과 폭로가 기승을 부리고 있습니다.

이번 선거에서 금품선거, 불법·흑색선전, 공무원의 선거 관여를 조기에 차단하여 그 어느 때보다도 깨끗하고 품격 있는 축제의 마당이 될 수 있도록 최선을 다해 주시기 바랍니다.

우리 부는 작년 4월부터 '법질서 바로세우기' 운동을 추진하여 공감대를 확산하는 성과를 거두어 가고 있는 것으로 알고 있습니다.

앞으로 선진화된 준법의식이 완전히 정착될 수 있도록 '법질서 바로세우기' 운동을 더욱 내실 있게 추진해 줄 것을 당부드립니다.

저는 이러한 모든 법무·검찰 업무를 처리함에 있어서, '원칙과 정도'가 가장 기본적인 자세가 되어야 한다고 생각합니다.

'원칙과 정도'는 우리가 매사를 바르게 처리할 수 있는 잣대와 같은 것입니다.

일정하지 못한 잣대로 무언가를 재단하려 든다면 이것은 얼마나 허황되고 위험한 일이겠습니까.

특히, 여러 주체나 집단 간의 이해가 첨예하게 대립되고 갈등이 심화될수록 그 문제를 풀기 위하여 우리가 의지해야 할 것은 바로 '원칙과 정도'입니다.

이런 기준이 사회갈등을 다루는 법무·검찰의 전 영역에서 확고하게 자리 잡을 수 있도록 최선을 다해 주시기 바랍니다.

이를테면 검찰의 사건 처리, 구속 및 양형 등 기타 중요 법무행정에 있어, 처리기준을 명확하게 정립하고 이를 철저히 준수함으로써 일반 국민들도 자기의 행위에 대하여 어떤 처분이 내려질지를 예측할 수 있고 그 결과를 수긍할 수 있어야 합니다.

그래야만 형사사법에 대한 불신이 해소될 수 있습니다.

또한, '인간으로서의 존엄과 가치'가 우리 헌법의 최고 이념임을 명심하고 이 이념을 실현하는 것이 법무·검찰의 가장 큰 소명임을 잊지 말아야 하겠습니다.

'실체적 진실의 발견'도 매우 중요합니다. 그렇지만 특정인에 대한 '인간의 존엄과 가치'가 무너지는 가운데 얻어지는 실체적 진실은 허무한 것입니다.

인권옹호가 법무·검찰의 또 하나의 중요한 사명이 되는 이유가 바로 여기에 있습니다.

법무부의 모든 구성원, 특히 젊은 검사들이 모든 사건의 배후에 있는 인생의 문제를 잘 살펴보고 인생에 대한 성찰을 소홀히 하는 일이 없도록 특별히 관심을 가져 주시기 바랍니다.

끝으로, 법무행정이 시대에 뒤떨어지는 일이 없도록 법무·검찰 구성원 각자가 개인의 창의성을 발휘하고 개혁을 지속적으로 추진해 나감으로써 새로운 법률문화를 창조해 나가야 하겠습니다.

머문 듯 가는 것이 세월인 것을

국민을 불편하게 하는 각종 법제도와 관행을 발굴하여 이를 정비하고, 국민들이 지킬 수 없는 불합리한 법령을 찾아 바로잡아 나감으로써 법이 국민들로부터 멀어지는 일이 없도록 최선을 다해 주시기 바랍니다.

　아울러, 국민을 섬기는 자세를 체질화하고 민원인이 보다 쉽고 편리하게 접근하여 양질의 법률서비스를 받을 수 있도록 여러분 스스로의 문턱을 낮추어 주실 것을 당부드립니다.

Ⅲ

　사랑하는 법무가족 여러분!

　저는 여러분과 다시 한 번 일하게 된 이 기회를 매우 소중하게 생각합니다.

　오랜 세월 법과 더불어 살아왔지만 법무행정의 수장이라는 막중한 임무를 맡기에는 많이 부족하다는 것을 잘 알고 있습니다.

　하지만 그동안 재야에서 법무행정을 바라보면서 국민이 법무·검찰에 대하여 어떤 생각을 하고 있는지, 법무부가 국가와 사회발전을 위하여 무엇을 하고 어떻게 해야 하는지를 조금은 더 잘 알게 되었습니다.

　저는 이러한 저의 경험과 경륜을 바탕으로 이번 취임을 마지막 공직이자 국가와 사회에 대한 최후의 봉사의 기회로 알고 하루하루를 소중하게 사용하겠습니다.

또한, 장관으로서 여러분 한 분 한 분이 자긍심을 느끼며 열심히 일할 수 있는 분위기를 만들기 위해서 노력하겠습니다.

여러분도 우리나라가 산업화, 민주화를 넘어 선진화로 가는 길을 닦아 선진 일류 국가로 나아갈 수 있도록 창의적인 자세로 업무에 임해 주시기 바랍니다.

우리는 항시 말하기보다는 잘 들어야 합니다.

우리 모두가 국민의 소리와 선·후배와 동료들의 목소리를 경청한다면 법무·검찰은 생기가 넘치는 건강한 조직이 될 것이며, 국민들도 우리에게 진정한 사랑과 신뢰를 보내 줄 것입니다.

여러분과 여러분의 가정에 건강과 행복이 함께하기를 기원합니다. 감사합니다.

— 2008. 2. 29.

법무부 직원들에게 보내는 서신
― 광우병 촛불시위 와중에서

　　사랑하는 법무가족 여러분!

　어느덧 녹음이 짙어가는 7월입니다.

　이런저런 생각에 잠 못 이루고 뒤척이다 이렇게 늦은 밤 저의 소중한 가족인 여러분께 펜을 들었습니다. 먼저 지금 이 시간에도 전국 각지에서 맡은 바 임무를 묵묵히 수행하고 계신 여러분의 노고에 진심으로 감사드립니다.

　지난 몇 달 동안 우리는 참으로 힘든 시기를 보내왔습니다.

　우리 사회는 불법 시위대의 확성기 소리, 도로점거, 쇠파이프를 동원한 폭력행위에 의해 깊은 상처를 입었습니다. 정부도 국민과 긴밀히 소통하지 못한 부족함으로 인해 많은 어려움을 겪었습니다.

　법무가족 여러분!

우리 헌법은 '사람의 지배'가 아닌 '법의 지배'를 천명하고 있습니다.

헌법 제1조에 명시된 바와 같이, 모든 권력은 '국민'으로부터 나오기에 그 어떠한 권력이나 그 어느 누구도 '국민'이 만든 법 위에 군림할 수 없습니다.

이러한 법의 지배가 명실공히 확립되어야만 우리는 법이 예정한 방법과 절차에 따라 우리의 앞날을 설계할 수 있고, 우리 자신이 누리는 권리와 지켜야 할 의무가 무엇인지도 확인할 수 있게 될 것입니다.

국민의 총의로 만들어진 법이 지켜지도록 하고 우리 헌법의 기본이념인 자유민주적 기본질서를 수호하는 것은 우리 법무부에 주어진 최우선의 신성한 책무라고 하겠습니다.

혹자는 불법집회 자제를 호소하고 법질서를 회복하려는 우리의 노력을 '과거 공안정국으로의 회귀'라고 주장합니다.

그러나 우리가 요청했던 것은 '비판적인 이성'의 촛불을 꺼달라는 것이 아닙니다. 단지 '불법적인 폭력'의 촛불을 꺼달라는 것이었습니다.

위법한 공권력의 행사로 국민의 인권이 침해되어서는 아니 됨과 마찬가지로 정당한 공권력의 행사가 불법행동에 의해 훼손되어서도 안 될 것입니다.

집단적인 폭행, 협박, 손괴 등은 그 어떠한 목적을 위해서도 정당화될 수 없다는 것이 우리 사회의 법이자 원칙입니다. 이는 자명한 이치라고 하겠습니다.

지금 많은 국민들은 우리에게 질서와 희망을 다시 가져다 줄 것을 요구하고 있습니다.

만약 우리가 그 소임을 다하지 못한다면 법과 정의보다 힘의 논리가 앞서게 되고 급기야는 이 사회의 존립마저 위태로워질 수도 있는 것입니다.

세계의 여러 나라들이 한 번 무너진 법질서로 인해 선진국의 문턱에서 후진국의 나락으로 떨어지고 마는 모습을 우리는 역사에서 흔히 보아 왔습니다.

그들은 지금도 사회적으로 혼란에 빠져 있고, 선진국 진입은커녕 아직도 경제난 속에서 허덕이고 있음을 되새겨보아야 할 것입니다.

사랑하는 법무가족 여러분!

강을 거슬러 헤엄치는 사람만이 물결의 세기를 알 수 있고, 매화는 추운 겨울의 고통을 겪어야 맑은 향기를 뿜습니다.

"천장여지 필선고지(天將與之 必先苦之)"라는 옛말도 같은 맥락입니다. 하늘이 무엇을 주고자 하면 반드시 먼저 괴로움을 준다는 뜻입니다.

지금 우리가 비록 어려운 상황에 처해 있다 하더라도, 우리는 결코 위축되거나 실망할 필요가 없습니다.

지금이야말로 우리 법무부가 현실을 더욱 냉철하게 분석하고, 역경을 헤쳐 나가려는 용기와 지혜로 힘을 모아야 할 시점입니다.

우리는 반드시 해낼 수 있습니다.

겸허한 마음으로 국민들의 소중한 목소리에 귀 기울이고 적극적인 의사소통을 통하여 국민적 공감대를 형성해 나아간다면 국민들도 우리에게 진정한 사랑과 신뢰를 보내 줄 것입니다.

바야흐로 태양이 작열하고 만물이 성장을 하는 여름입니다.

법무가족 여러분이 함께 땀 흘리며 이 여름을 이겨내고 일치단결하여 법을 바로 세워 나간다면, 자유와 안정, 번영과 행복을 국민들에게 안겨줄 수 있을 것입니다.

지난 몇 달 동안의 어려웠던 시기에 우리 법무가족들이 본연의 업무를 완수하기 위해 혼연일체가 되어 꿋꿋이 노력하는 모습을 보면서, 저는 큰 자부심과 함께 한없는 신뢰를 느꼈습니다.

국민을 위해 헌신하고자 하는 열정과 의지로 충만한 직원 여러분이 제 곁에 있기에, 앞날에 대한 희망과 자신감이 넘칩니다.

이제 막 시작된 2008년 하반기에도 희망찬 미래를 향해 큰 걸음으로 힘차게 나아갑시다.

저 스스로도 혼신의 힘을 다하여 열심히 노력하겠습니다.

늦은 밤 묵묵히 사무실을 지키면서 자신의 맡은 일에 신명을 다하고 계실 여러분을 생각하며 이만 펜을 놓을까 합니다.

올여름 더위가 예사롭지 않아 보입니다. 바쁘고 긴장된 업무 속에서일망정 자신과 가정의 행복을 위해서도 시간을 할애하는 여유를 가집시다.

그동안의 노고에 대해 다시 한 번 마음 깊이 감사를 드리며, 여러분 한 분 한 분의 가정에 언제나 변함없는 건강과 행운이 충만하길 기원합니다.

2008년 7월 1일

법무부 장관 김경한 드림.

법무·검찰 직원들에게 보내는 서신
— 추석 명절을 앞두고

법무·검찰가족 여러분, 안녕하십니까.

8월이 지나가고 어느덧 민족 최대의 명절인 한가위가 다가왔습니다.

아직도 한낮에는 30도를 넘는 늦더위가 기승을 부리고 있으나, 길가에 화사한 모습으로 피어 있는 코스모스가 적지 않게 가을 정취를 풍기고 있는 요즘입니다.

올해는 풍년이라고 합니다.

나라 안팎이 경제적으로 어려운 시기에 참으로 다행한 일이 아닐 수 없습니다.

이번 추석 연휴는 비교적 짧은 기간이지만, 풍년을 만끽하며 넉넉한 마음으로 가족들과 소중한 시간을 보내고, 고향에 계신 어르신과 친지들을 만나 오순도순 이야기꽃도 피우시기 바랍니다.

공직자라는 입장이 경제적으로 넉넉한 것은 아닙니다만, 주변의 소외된 이웃들을 배려하고 그들과 함께 작은 것이나마 나누려는 노력을 한다면 더욱 뜻깊은 한가위가 되지 않을까 생각합니다.

지난 몇 달 동안 참 고생 많으셨습니다. 여러분의 헌신과 노고에 힘입어 이제 우리 사회도 점차 안정을 되찾아가는 듯합니다.

그동안 고생하신 여러분의 노고에 다시 한 번 감사의 마음을 전합니다.

사랑하는 법무·검찰가족 여러분!

온가족이 함께하는 풍요롭고 행복한 중추가절(仲秋佳節) 한가위가 되시기 바랍니다.

감사합니다.

2008년 9월 11일

법무부 장관 김경한 드림.

법무·검찰 직원들에게 보내는 서신
― 정기 인사에 즈음하여

사랑하는 법무·검찰가족 여러분,

겨울을 지나 어느덧 봄의 문턱에 다가서고 있습니다. 유난히 춥고 길었던 겨울 동안에도 맡은 바 소임을 다해 주셨던 여러분 모두에게 진심으로 감사를 드립니다.

새해 들어 첫 달에 이루어진 인사로 헤어짐과 만남을 준비하느라 다들 분주한 시간을 보내셨을 줄로 압니다. 올해는 인사의 시기가 예년보다 좀 앞당겨졌습니다. 새해 벽두에 대오를 정비하여 하루라도 빨리 새 출발을 하자는 취지입니다. 해마다 반복하면서도 매번 아쉬움과 설렘이 크게만 느껴지는 것은 법무·검찰가족에 대한 서로의 한없는 애정 때문일 것입니다.

특히 이번 인사에서는 후진에 길을 터주기 위해 용퇴의 결단을 내리신 분들을 떠나보내는 아픔을 겪었습니다. 개인적으로 모두 아까운 분들입니다. 오랜 세월 젊음과 열정을 바쳐 검찰을 위해 헌신하셨고 검찰을 사랑하신 분들이었기에, 떠나보낼 수밖에 없는 현실이 안타깝기만 하였습니다. 그분들의 힘든 결단이 결코 헛되이 되지 않도록 최선을 다하겠다는 다짐을 새로이 하게 됩니다.

법무·검찰가족 여러분,

여러 번 말씀드렸지만, 법무부 장관으로서 저의 가장 큰 소망은 자유민주적 기본질서를 복원하고 그 기반 위에 법질서를 바로 세우는 것입니다.

불법과 폭력이 미화되거나 민주라는 이름하에 오히려 민주주의를 파괴하려는 책동들이 더 이상 용납되어서는 안 될 것입니다. 법질서 확립 노력을 "공안정국 조성" 운운하며 용어혼란 전술을 펴는 세력에 대하여도 단호히 맞서야 할 것입니다.

저의 소신이 바로 여러분의 소신임을 알기에 여러분이 이 일에 함께해 줄 것을 저는 믿고 있습니다.

최근 여기저기서 경제를 걱정하는 목소리가 높습니다. 온 국민이 위기 극복을 외치며 힘을 모으고 있습니다.

검찰도 그 위기 극복에 힘을 보태야 하고 또 그렇게 할 수 있습니다. 경제적 어려움을 겪는 분들과 아픔을 함께하려는 마음이 필요합니다. 또한 우리의 업무영역과 공사생활에서 미래에 대처하는 적극적이고 능동적인 자세가 절실합니다.

봄의 문턱에서 새로운 시작을 앞둔 여러분에게 다시 한 번 심기일전을 부탁드립니다.

법정 스님의 잠언집에 나온 「인간의 봄」을 소개하며 펜을 놓을까합니다.

얼어붙은 대지에 다시
봄이 움트고 있다.

겨울 동안 죽은 듯 잠잠하던 숲이
새소리에 실려 조금씩 깨어나고 있다.

우리들 안에서도 새로운 봄이
움틀 수 있어야 한다.

다음으로 미루는 버릇과
일상의 늪에서 허우적거리는 그 타성에서 벗어나
새로운 시작을 해야 한다.

인간의 봄은 어디서 오는가?

묵은 버릇을 떨쳐 버리고

새롭게 시작할 때

새 움이 튼다.

2009년 2월 9일

법무부 장관 김경한 드림.

법무·검찰 직원들에게 보내는 서신
— 노무현 전 대통령 서거 이후

사랑하는 전국의 법무·검찰가족 여러분,

여름은 어느덧 우리 곁에 성큼 다가와 있습니다. 서늘한 바람이 싫지 않은 초여름 밤, 참 오래간만에 여러분에게 안부를 전합니다.

지난 주말, 현충일이라 동작동 현충원에 다녀왔습니다. 기념식이 시작되기 전 좀 일찍 그곳에 도착하여 빼곡하게 들어서 있는 호국영령들의 묘소들을 한 바퀴 돌아보았습니다. 60년 전의 계급과 이름만이 새겨진 묘비들이 끝없이 줄지어 늘어서 있었습니다.

비록 작은 묘비이지만 한 분 한 분의 죽음이 모여 나라를 구한 것입니다. 그 값진 죽음을 생각하면서 마음이 숙연해졌습니다.

묘지의 뒷산에는 한창 푸르름이 무르익어 가고 있었습니다. 그러고 보니 지난 한두 달간은 계절의 변화를 느낄 겨를마저 갖지 못한 것 같습니다.

검찰 수사의 와중에 전직 대통령이 세상을 떠나는, 그야말로 믿기지 않는 일이 벌어졌습니다. 여러분이나 저나 말할 수 없이 큰 충격을 받았고 또 무척 슬펐습니다.

그 여파로 지난주 금요일에는 30년 가까운 세월 검사로 헌신해 오신 임채진 검찰총장이 임기를 채우지 못하고 검찰을 떠났습니다.

그분의 인간적 고뇌는 이해하고도 남음이 있지만 그 빈자리가 너무나 크게 느껴져 안타깝고 착잡한 마음을 누를 수 없었습니다.

사랑하는 법무·검찰가족 여러분,

전직 대통령의 서거와 관련하여 여기저기서 검찰을 걱정하는 목소리가 터져 나오고 있습니다. 이번 수사과정에 허물이 있었다고 지적하는 분들이 있는가 하면, 수사의 당위성과 정당성 자체를 완전히 부정하려는 주장마저 없지 않습니다.

물론 우리는 이번 사태를 계기로 혹시 지금까지의 검찰수사 관행이나 제도에 부족한 점이 없었는지 다시 한 번 되짚어 볼 필요가 있습니다. 그러나 이번 사건 수사의 본질은 어디까지나 특정 기업의 탈세와 비자금 수사과정에서 불거져 나온 비리 사건이고, 그러한 비리의 척결은 검찰의 사명이자 기본책무입니다.

검찰이 더 이상 휘청거려서는 안 되는 이유가 여기에 있습니다.

이제 우리 검찰은 충격과 슬픔을 딛고 남은 사건을 철저히 잘 마무리하여야 합니다. 그리고 변함없는 자세로 세상의 비리와 계속 맞서야 합니다.

사랑하는 법무·검찰가족 여러분,

거친 바다가 훌륭한 선원을 만들고 추운 겨울을 이겨낸 매화의 향기가 더 맑지 않습니까.

지금 우리는 매우 어려운 상황에 처해 있습니다.

그러나 이런 때일수록 우리가 흔들림 없이 사태를 잘 수습하고 또 각자가 제자리에서 차분히 맡은 바 소임을 다해야 할 것입니다.

오늘날 우리 검찰이 이만큼 든든한 조직을 일군 것은 검찰이 시련과 역경이 닥칠 때마다 의연하고 슬기롭게 이를 극복했기 때문입니다.

이번에도 틀림없이 잘 해낼 것임을 믿습니다.

저도 재임하는 최후의 순간까지 혼신의 힘을 다하겠습니다.

올여름은 유난히 무더울 것이라고 합니다. 모두 건강에 유의하시면서 자중자애하는 가운데 가일층 분발하고 가일층 건투해 주실

머문 듯 가는 것이 세월인 것을

것을 부탁드립니다.

밤이 깊었습니다. 모두들 편안한 밤 되시기를 빕니다.

2009년 6월 8일

법무부 장관 김경한 드림.

미 대사 주최
미국 평화봉사단원 초청 만찬 축사

오늘 이 자리에 참석하신 내·외 귀빈 여러분, 반갑습니다.

먼저, 이렇게 뜻깊은 자리에 초청해 주신 캐슬린 스티븐스(Kath-leen Stephens) 대사님께 감사드립니다.

또한, 오랜만에 한국을 다시 찾은 지난날의 주한 미국 평화봉사단원들과 그 가족분들을 진심으로 환영합니다.

여러분 모두 잘 알고 계신 바와 같이 주한 미국 평화봉사단이 활동을 시작한 1966년의 한국은 매우 가난한 나라였습니다. 1인당 국민소득이 125달러에 불과했습니다. 1966년은 코카콜라가 한국에 처음으로 소개된 해이기도 합니다. 그해에 제가 대학교를 졸업했기 때문에 정확히 기억하고 있습니다.

그로부터 40년이 넘는 세월이 흘렀지만, 우리나라에는 아직도 당시 평화봉사단원들이 보여준 사랑과 봉사의 모습들을 기억하는 사람들이 많이 있습니다. 그들이 우리나라에 남긴 성과는 막대했지만 그중 몇 가지만 말씀드리고자 합니다.

여러분들의 노력으로 한국 영어교육의 수준은 한 단계 도약했습니다.

결핵 환자의 재발률은 현저히 저하되었습니다.

산업현장에서 각종 실효성 있는 직업훈련이 이루어졌습니다.

평화봉사단이 활동을 시작한 1966년부터 마지막 51진이 철수한 1981년까지 사이에, 평화봉사단원 약 3,200명은 한국의 발전에 매우 큰 기여를 하였습니다.

이처럼 전후 15년간에 걸쳐 그들이 한국의 도시와 농촌 지역에서 펼친 다양한 봉사활동에 대해 감사의 말씀을 드리며, 이 자리에서 그들에게 힘찬 박수를 보내드립니다.

이번 주에 지난날의 평화봉사단원 여러분은 서울과 과거의 봉사활동 지역 등 여러 곳을 방문하신 것으로 알고 있습니다.

오랜만에 한국을 재방문해서 느끼신 여러분의 감회가 어떠할지 궁금합니다.

제가 한번 추측해 보자면, 한국을 처음 방문했던 자신의 젊은 시절을 회상하신 분도 있을 것이고, 전에는 몰랐던 한국 문화의 새로운 면을 발견하신 분도 있을 것입니다.

그러나 여러분 대부분이 공통적으로 느낀 점은 아마도 그동안 한국이 크게 발전했다는 점일 것입니다. 완전히 달라진 거리의 모습과 삶의 현장을 보시게 되었을 것입니다. 이제 한국은 매년 수천 명의 해외봉사단원들을 다른 나라에 파견하여 다양한 봉사활동을 펼치고 있습니다. 한국은 세계 3위의 해외봉사단 파견국가가 되었습니다.

여러분의 이번 재방한이 그동안 변화한 한국의 발전상을 직접 확인하면서, 여러분이 젊은 시절 한국을 위해 봉사한 기간이 결코 헛되지 않았음을 실감하는 계기가 되기를 바랍니다.

오늘 평화봉사단원 여러분을 만나 보는 저의 마음은 마치 오랜 친구를 만난 것처럼 기쁩니다.

그중에서도 저는 이 자리에서 맥신 설빈(Maxine Salvin) 여사를 만나게 되어 특별히 감회가 깊습니다.

설빈 씨는 저의 아내가 대학을 졸업하던 무렵 평화봉사단원으로 한국에 와서 아내의 집에 홈스테이를 하면서, 15개월 동안 우정을 나누었던 분입니다.

그 당시 저와 제 아내는 결혼을 언약한 상태였지만, 제가 사법시험 준비를 하기 위해 멀리 떠나가 있었기 때문에 우리는 서로 만나지 못하고 지냈습니다. 그 외롭고 힘들었던 기간에 함께 지냈던 그 평화봉사단원 설빈 씨는 제 아내에게 잊을 수 없는 위로와 기쁨을 주었던 것 같습니다.

그 후 설빈 씨는 한국을 떠나갔고 소식이 끊어졌습니다. 아내는 가끔씩 설빈 씨를 그리워하며, 그분의 소식을 알고 싶어 했습니다. 그런데 지난해 새로 부임하신 스티븐스 주한 미 대사께서 과거 한국에 평화봉사단원으로 파견된 사실이 있다는 뉴스를 보고, 마침 작년에 부임 인사차 저의 사무실을 방문한 대사님께 아내의 소망을 말씀드렸습니다. 대사님께서는 그 설빈 씨를 찾는 데 최선을 다하겠다고 흔쾌히 약속하셨고, 그로부터 미국 전역을 뒤지다시피 하여 보스턴에서 살고 있던 설빈 여사를 찾아내어 이번 한국방문단에 포함시켜 주셨습니다.

이런 곡절을 거쳐 제 아내와 설빈 여사는 40년 만에 극적으로 다시 만났습니다. 그리고 아내의 모교이자 설빈 여사가 당시 재직했던 중학교에도 함께 방문하며 꿈같은 시간을 보냈습니다.

그래서 아내와 저는 대사님과 설빈 여사를 이루 표현하기 어려울 만큼 감사하게 생각하고 있습니다.

내외 귀빈 여러분!

오늘의 행사를 통해 우리 모두가 1961년 존 F. 케네디 대통령이 미국 평화봉사단의 창설을 주창한 이유를 되짚어보고, 우리 모두가 세계 평화와 공동 발전에 기여할 것을 다짐하는 계기로 삼았으면 합니다.

또한, 앞으로 한·미 양국의 돈독한 우정이 한층 더 발전해 나갈 것을 믿습니다.

아무쪼록 내일 귀국길에 오르는 주한 미국 평화봉사단원들과 그 가족들의 남은 여정이 즐겁고 편안하시기를 기원합니다.

다시 한 번 오늘의 자리를 마련해 주신 스티븐스 대사님께 감사의 말씀을 드리고 이 자리에 참석하신 여러분 모두의 건강과 행운을 기원합니다.

감사합니다.

2009년 7월 13일
법무부 장관 김경한

법무부 장관 퇴임사

I

친애하는 법무·검찰가족 여러분!

저는 오늘 1년 7개월여를 봉직하던 법무부를 떠나게 되었습니다. 그래서 여러분에게 마지막 인사를 드리고자 합니다.

저는 지난 32년간에 걸쳐 법무·검찰에서 공직생활을 했습니다. 그 절반은 법무부 본부에서, 나머지 절반은 검찰에서 일했습니다. 저의 젊은 시절부터 시작하여 평생을 여기에 바쳐왔다고 할 수 있습니다.

법무부와 검찰청은 언제나 제 집보다 더 편안하고 친근한 곳이었습니다. 사무실에서 조석으로 만나는 직원들은 식구처럼 정겨웠습니다. 법무·검찰은 느끼지 못하는 시간에도 존재하는 햇볕이나 공기처럼, 항상 저를 감싸고 있었습니다.

그래서 여러분 곁을 떠나는 저는 지금 만감이 교차합니다.

Ⅱ

작년 2월 29일, 새 정부 첫 내각의 법무부 장관으로 취임한 이래 크고 작은 일들이 헤아릴 수도 없을 만큼 연발하였습니다.

지난해 여름을 더욱 무덥게 만들었던 이른바 광우병 촛불사태는 무려 100일이 넘게 계속되었습니다.

금년 5월에는 검찰수사를 받던 전직 대통령이 스스로 목숨을 끊는 그야말로 충격적인 일이 벌어졌습니다. 그 연장선상에서 전임 검찰총장이 자리를 물러나고, 이로 인한 검찰 지휘부의 공백사태가 2개월 넘게 지속되기도 하였습니다.

법무행정을 책임진 저로서는 너무나 힘겹던 시간들이었습니다. 그래서 많은 불면의 밤을 보내기도 하였습니다.

하지만 그동안 힘든 시간만 있었던 것은 아닙니다. 여러분들의 노력에 힘입어 기쁘고 보람찼던 일도 많았습니다.

저는 취임하던 날부터 시종일관하여 '법질서 바로세우기'를 지상과제로 삼아왔습니다. 이를 위해 전국 방방곡곡을 누비며 다녔습니다. 많은 분들이 저와 동행해 주었습니다. 도처에서 이 운동이 조금씩 뿌리를 내려가는 모습을 보면서 가슴이 뿌듯했습니다. 일부 언론에서는 저를 "미스터 법질서"라고 불렀습니다. 저는 이 별명을 매우 과분하면서도 영광스럽게 생각합니다.

한편으론 기업하기 좋은 환경을 만들기 위해 여러 법제도를 정비하고 많은 정책을 개발하였습니다. 그 과정에서 우리 부가 경제부처 못지않게 경제 살리기에 앞장선다는 평가를 받기도 하였습니다.

한편, 소외된 서민들이 법의 배려와 온기를 느낄 수 있도록 소위 '따뜻한 법질서'를 구현하는 데도 정성을 기울였습니다. 가난한 이들의 벌금을 절반 이상으로 감액해주고, 범죄 피해자를 위한 구조금도 그 대상과 금액을 대폭 확대하였습니다.

우리 직원들이 소년·소녀 가장 등 불우한 이웃과 인연을 맺는 '사랑의 손잡기 운동'도 여러분 모두의 뜨거운 호응으로 확산되어 나가고 있습니다. 또, 다문화 가정의 통합과 외국인의 체류질서 확립에도 많은 성과가 있었습니다.

교화방송국을 개국하고 직업훈련교도소, '중간처우의 집'을 세우는 등 교정행정에도 적지 않은 변화가 있었습니다.

거듭 말씀드리거니와 이러한 모든 성과는, 여러분 한 분 한 분이 그 취지에 공감해주고 혼연일체가 되어 땀을 흘려준 덕분입니다. 감사하고 또 감사할 따름입니다. 여러분, 참으로 수고가 많으셨습니다.

III

그러나 사랑하는 법무·검찰가족 여러분!

이처럼 우리가 각 분야에서 이룩한 많은 성과에도 불구하고, 아직도 가야할 길은 많이 남아 있습니다.

먼저, '법질서 바로세우기' 운동만 보더라도, 자칫 이 사업의 추진을 중단하거나 흐지부지해 버린다면 모든 것이 원점으로 되돌아가고 말 것입니다. 이 사업은 앞으로도 오랜 세월을 두고 더욱 줄기차게 계속되어야 합니다.

제가 항상 하는 표현입니다만, '법을 지키면 반드시 이익을 보고, 법을 어기면 반드시 손해를 본다'는 말이 우리 사회에 상식으로 통용될 때까지 지속되어야만 합니다.

그리고 모든 업무처리 과정에서 '원칙과 정도'가 변함없는 기준이 되어야 합니다.

원칙과 정도를 벗어나면 당장은 어려운 사태를 모면할 수 있을지 모릅니다. 그러나 그런 상황은 언젠가는 반전되기 마련입니다. 사태가 급격히 악화되고 급기야는 큰 환란으로 이어지는 경우도 자주 경험합니다.

우리가 신뢰를 쌓는 데는 여러 해가 걸리지만 신뢰가 무너지는 것은 순식간의 일입니다. 그러므로 복잡하고 난감한 문제일수록 '원칙과 정도'를 판단의 잣대로 삼아야 합니다. 그렇게 해야만 법무·검찰이 국민의 사랑과 신뢰를 회복할 수 있습니다.

아울러, 어려운 이웃을 돕는 일에도 더욱 큰 정성을 쏟아 주시기 바랍니다.

아직도 우리 주변에는 도움의 손길을 필요로 하는 사람들이 많이 있습니다. 무릇 공직자는 그들의 아픔을 헤아리고 그 아픔을 함께 나누는 자세가 몸에 배어야 합니다. 그래야만 우리 사회가 좀 더 훈훈해지고 또 굳건해질 수 있습니다.

다음으로 우리 법무·검찰은 항시 뚜렷한 목표의식을 가지고, 일을 위해 항시 배우고 또 창조하는 노력을 기울여야 합니다.

목표의식 없이 그날그날의 주어진 업무만을 습관적으로 처리해 나가는 조직과, 뚜렷한 목표의식을 가지고 하루하루를 새롭게 배우고 설계해 나가는 조직 사이에는 몇 년이 지나면 엄청난 간격이 생깁니다. 베트남의 정신적 지도자인 틱낫한 스님이 말했습니다.

"인생은 마치 사다리를 오르는 것처럼 배우고 또 배워야 하는 과정이다. 겨우 네 번째 계단에 이르러 제일 높은 곳에 왔다고 여긴다면, 당신은 더 높이 올라갈 기회를 잃고 만다. 다섯 번째 계단에 오르기 위해서는 네 번째 계단을 포기할 수 있는 지혜를 가져야 한다."

특히 법무부는 부서에 따라 서로 다른 직렬의 공무원들이 각기 다른 역할을 수행하고 있습니다. 그러면서도 각 부서가 서로 조화를 이루고, 또 모든 사람들이 참으로 열정적인 자세로 일하는 조직입니다. 우리는 이러한 아름다운 전통에 대하여 긍지와 자부심을 가져도 좋을 것입니다.

다만 우리 사회가 법무·검찰에 대하여 언제나 긍정적인 평가만을 내리는 것은 아닙니다.

부정적인 시각으로 우리를 바라보는 사람들도 적지 않습니다. 이러한 비판적인 시선에 대하여 우리가 억울하게만 생각해서는 안 될 것입니다. 과연 우리에게 어떠한 잘못도 없었는지, 혹시 오해를 받을 만한 행동은 없었는지를 항시 성찰해 보아야 합니다.

물론 제도의 개선도 병행되어야 합니다. 그러나 더욱 중요한 것은 그 제도를 운용하는 사람의 마음가짐입니다. 의식이나 의지의 변화 없는 제도개혁이 별다른 효과를 발휘하지 못함을 우리는 역사에서 배웠습니다.

국민으로부터 사랑받고 신뢰받는 법무·검찰을 만들기 위해서는, 한 사람 한 사람이 모두 내가 이 조직의 주인이라고 생각해야 합니다.

머문 듯 가는 것이 세월인 것을

IV

저는 법무·검찰이 기필코 이루어야 할 이처럼 많은 일들을 미완성의 장으로 후배 여러분에게 맡기고 떠나는 것을 매우 죄송스럽게 생각합니다.

동시에 저는 여러분들이 언젠가 이 과업을 반드시 완수하시리라는 점을 굳게 믿습니다.

그러기에 저는 언제 어디서나 여러분이 성취하시는 모습을 바라보는 것으로 큰 기쁨을 삼겠습니다. 또, 이를 위하여 간절히 기도하겠습니다.

여러분들이 잘 아시다시피 신임 이귀남 장관은 그 역량과 인품이 뛰어날 뿐만 아니라 우리 법무행정에 대한 원대한 비전과 열정을 가진 분입니다. 신임 장관과 함께 법무·검찰을 더욱 발전시켜 주시기 바랍니다.

V

사랑하는 법무·검찰가족 여러분!

이제 저는 1년 7개월간 신명을 바쳐 일해 온 법무부 장관직을 포함하여, 32년에 걸친 긴 공직생활을 마감하고자 합니다. 그리고 여러분에게 작별을 고하고자 합니다.

한 가지 소망이 있다면 떠나는 저의 뒷모습이 여러분 모두에게 조금이나마 아름답게 비쳐질 수 있기를 바라는 것입니다.

요한 바오로 2세 교황의 말씀처럼 저도 이렇게 작별인사를 드리겠습니다. '그동안 저는 행복했습니다. 여러분도 모두 행복하십시오.'

지난 세월 여러분이 저에게 주신 과분한 사랑에 거듭거듭 감사를 드립니다.

여러분, 안녕히 계십시오.

— 2009. 9. 21.

제5부

공직 이후의 메시지들

법률가는 무엇으로 사는가
― 2011년도 서울대학교 법학전문대학원 입학식 초청 강연

1. 머리말

오늘 서울대학교 법학전문대학원에 입학하는 여러분과 가족분들에게 진심으로 축하를 드립니다. 새로이 150명의 영재들을 맞아들이는 정종섭 원장님과 교수님들께도 축하와 경의를 표합니다.

여러분을 대하니 제가 과거 검찰과 법무부에 근무하면서 법조인 양성제도를 연구하고, 특히 변호사시험법을 성안하여 우여곡절 끝에 통과시키던 일이 회상됩니다. 그러고 보니 로스쿨 제도가 도입된 지도 어느덧 3년 차에 접어들어, 이렇게 여러분들이 입학하고, 내년이면 첫 졸업생을 배출하게 되었습니다.

로스쿨 제도에 대하여는 당초부터 찬반양론이 있었고 지금도 각계에서 여러 가지 비판이 제기되고 있습니다. 그러나 이 제도의 성공

여부는 아직 판단하기에 좀 이른 듯합니다. 어느 제도를 막론하고 그 도입 초기에는 여러 가지 시행착오가 있기 마련입니다. 그러다가 해를 거듭해 가면서 문제점이 보완되고 잘 정착되어 가는 모습을 흔히 보게 됩니다. 로스쿨 제도도 그러한 보완 과정을 거쳐 성공적으로 정착할 수 있기를 기대하고 있습니다.

특별히 서울대학교 법학전문대학원은 주위의 관심과 주시의 대상이 되고 있습니다. 당연히 다른 대학들은 서울대 법학전문대학원에서 많은 교훈과 시사점을 얻으려고 할 것입니다. 그렇게 볼 때 서울대 법학전문대학원에 우리나라 로스쿨 제도의 장래가 걸려 있다고 해도 과언이 아닙니다. 여러분들은 주위의 이러한 기대에 부응하지 않으면 안 됩니다.

여러분들 중 상당수는 학부에서 법학을 전공한 분들이지만, 법학 이외의 다른 학문을 전공한 분들도 많을 것입니다. 법학을 전공한 분들은 로스쿨 3년 과정이 상대적으로 다소 수월할지 모릅니다.

그러나 로스쿨 제도의 근본취지는 다양한 전공분야를 마친 기초 위에서 다양하고 전문적인 법률실무가를 양성한다는 데에 있습니다. 누군가가 말한 것처럼 종래의 법학대학이 '법학 순혈주의'였다면 로스쿨은 '여러 학문의 혼혈주의'에 기초한 것이라 비유할 수 있겠습니다. 이러한 점을 감안할 때 법학 이외의 분야를 전공한 분들은 법학의 풍토를 더욱 새롭고 풍성하게 하는 데 크게 기여할 것이라 생각합니다.

아마 이 순간 여러분들은 입학의 어려운 관문을 통과한 데에 대하여 크나큰 기쁨을 느끼고 있을 것입니다. 그러면서도 한편으로는 앞으로 직면하게 될 힘든 학업 과정과 장래 법률가로서의 삶에 대한 일말의 걱정과 불안감도 없지 않으리라 짐작합니다. 여기에다 최고의 인재들이 모여서 벌이는 동료 간의 경쟁이 매우 부담스러울 수도 있습니다.

그러나 앞으로 여러분의 생애에 있어서 이처럼 마음껏 공부할 수 있는 기회는 다시 오기 어려울 것입니다. 로스쿨에서 여러분 각자에게 주어지는 시간은 3년으로 꼭 같습니다. 그러나 이 시간을 어떻게 사용하느냐에 따라 각자의 미래는 엄청나게 달라질 수 있는 것입니다.

저는 이 자리에서 무엇보다 분명한 목표를 가지는 것이 중요함을 강조하고자 합니다. 목표 없이 항해하는 배는 결코 바라는 항구에 도착할 수가 없습니다. 저는 티브이의 〈미스터 코리아〉 같은 프로에서 보디빌딩을 통해 그야말로 힘차고 우람한 근육을 만든 사람들을 볼 때마다 감탄을 금하지 못합니다. 그들은 분명한 목표를 정하고 참으로 오랜 세월 힘들고 끈질긴 연마 끝에 그토록 훌륭한 몸매를 만들어 낸 것입니다. 그들의 몸과 저 같은 사람의 빈약한 몸을 비교하여 보면 목표의 중요성을 금방 알 수가 있습니다.

이제 여러분에게 묻겠습니다.

법률가로서의 여러분의 목표는 무엇입니까? 법률가가 되려는 여러분들의 항해는 과연 어느 방향을 지향하고 있습니까?

여러분은 이 질문에 대하여 명확히 답변할 수 있어야 합니다. 앞으로 3년이라는 귀한 시간, 나만의 분명한 목표를 세워 반드시 '미스터 코리아'와 같은 성취를 누리시기를 바랍니다.

2. 법학과 법률가

여러분이 공부하게 될 법학은 흔히 생각하듯이 개념과 논리만으로 이루어진 그런 학문이 아닙니다. 또 법률가는 개념과 논리만을 구사하는 기술자가 아닙니다. 법적 개념과 법적 논리의 이해, 그리고 이를 통하여 형성되는 리걸 마인드는 법률가가 되기 위한 필요조건일 뿐 충분조건은 되지 못합니다.

법학의 목표는 모든 영역에서 '각자에게 그의 것을 주는 불변의 의지'를 지향하고 있습니다. 그것이 바로 정의입니다. 법학은 정의를 실현하기 위한 학문이라 할 수 있습니다.

그렇기 때문에 법학도는 법률조문이나 판례를 아는 것만으로는 부족합니다. 법이나 제도의 배후에 숨겨진 정의가 무엇이며, 법 전체를 관통하는 기본정신이 무엇인지를 깨우치는 일이 대단히 중요합니다.

또한 법학은 철학이나 인간학, 사회학 그리고 그 밖의 여러 학문으로부터 폭넓은 지원을 받아야 합니다. 나아가 법학은 이웃과 사회와 국가의 현실에 대한 이해와 애정 위에서 탐구되어야 합니다. 법학은 자연과학과 달리 갖가지 갈등과 희로애락이 용해되어 있는 인간세계를 대상으로 하는 학문이기 때문입니다.

여러분은 법률가가 되기 위하여 여기에 오셨습니다.

훌륭한 법률가가 되기 위하여서는 우선 기본적으로 몇 가지 마음자세를 구비하여야 합니다.

첫째는 신념입니다. 법률가는 인간의 가치에 대해서, 공정성과 정의에 대해서 확고한 신념을 가져야 합니다. 그래서 모든 사람들을 수단이 아닌 목적으로 대우할 수 있어야 합니다.

둘째는 용기입니다. 법률가는 냉철하게 사고하여야 하지만, 그 사고의 결론을 행동에 옮길 수 있는 용기를 가져야 합니다. 그래야만 법에 내재된 정의를 실현할 수 있고, 상황에 따라 흔들리는 유약함을 피할 수 있게 됩니다.

셋째는 균형감각입니다. 법률가가 흔히 빠지기 쉬운 함정은 편파성과 일면성입니다. 특히 분쟁의 일방에 서서 한쪽의 이익만을 대변하는 일을 하다가 보면 그러한 습벽이 생기기가 쉽습니다. 법률가는 이러한 편파성과 일면성을 최대한 극복하고 매사에 양쪽을 다

보는 균형감각을 가져야 합니다.

이러한 법률가의 신념과 용기와 균형감각은 하루아침에 얻어지는 것이 아닙니다. 오랜 경험과 시행착오 그리고 깊은 고뇌와 사색을 통하여 어렵게 형성되어 가는 것입니다.

법률가로서 구체적인 경우에 어떠한 결정을 내려야 할지 판단하기 어려울 때가 많습니다. 그럴 때에는 항시 '원칙과 정도'가 무엇인지를 생각하는 것이 좋습니다. '원칙과 정도'는 매사를 바르게 처리할 수 있는 잣대와 같은 것입니다.

중국 법가의 시조인 한비자는 법치의 원칙을 논하면서 "목수는 나무가 굽었다고 하여 먹줄을 굽히지 않는다."라고 말하였습니다. 법의 집행은 지위고하와 부귀빈천, 기타 여러 가지 상황에 관계없이 원칙과 정도에 따라야 한다는 뜻입니다. 2,300년 전의 말이지만 오늘날에도 그대로 통용될 수 있는 말입니다.

원칙과 정도를 지키려면 당장은 핍박과 고난이 따를 수도 있고, 큰 용기가 필요한 경우도 있습니다. 하지만 원칙과 정도는 문제를 가장 근원적으로 해결하는 길입니다. 시간이 지나 돌이켜 보면 '역시 그렇게 하기를 잘했구나.' 하는 생각이 들게 될 것입니다.

원칙과 정도를 벗어나면 당장은 편할지 모릅니다. 그러나 언젠가는 반드시 문제가 드러나고 때로는 치명적이고 중대한 결과를 초래하는 경우도 있습니다.

여러분은 묘목과 같은 분들입니다. 묘목을 심을 때 똑바로 심지 못하면 그 나무는 똑바로 자랄 수가 없습니다. 수련 시절부터 신념과 용기와 균형감각을 기르고, 또 원칙과 정도를 지킨다는 굳건한 자세를 기르는 데 게을리하지 말아 주시기를 바랍니다.

3. 자유민주주의와 법치주의의 수호

모든 법률가에게는 우리 사회가 '법이 지배하는 사회'가 될 수 있도록 이끌어 가야 할 공적인 사명이 있습니다. 다시 말하여 이 땅에 법치주의가 뿌리내릴 수 있도록 해야 할 책무가 있는 것입니다.

아직까지 우리나라에는 법치주의의 전통이 확립되지 못하고 있습니다. 정부의 입장에서도 그러하고, 국민의 입장에서도 그러합니다. 우리나라가 아무리 경제적인 풍요를 즐긴다 하더라도 법의 규범성이 존중되지 않는다면 결코 선진국이 되지 못합니다.

특히 오늘날 우리 사회에는 분쟁이나 갈등을 법보다는 힘에 의존하여 해결하려는 풍조가 사라지지 않고 있습니다. 이는 매우 걱정스러운 일입니다. 물리적 방법이 횡행하면 법이 설 땅은 그만큼 좁아지고 법률가의 역할도 그만큼 좁아질 수밖에 없습니다.

잘 아시다시피 우리 헌법의 기본질서는 '자유민주적 기본질서'입니다. 이는 우리 헌법이 채택한 불변의 국가 이념입니다. 국가의 정체성도, 경제적 번영과 정치적 자유의 신장도 그 바탕 위에서만 이루어집니다.

그런데 최근 10-20년간에 걸쳐 우리나라에서 이러한 자유민주적 기본질서가 심각한 손상을 입고 있습니다. 보시는 바와 같이 그 손상은 도처에서, 또 여러 세력에 의하여 이루어지고 있습니다.

법률가는 이처럼 손상된 자유민주주의를 복원하는 데 분연히 나서지 않으면 안 됩니다. 이것은 곧 우리의 헌법정신을 구현하는 일이고, 법치주의를 완성하는 길이 되기 때문입니다.

4. 인간 성찰

다음으로, 법률가에게 요구되는 '인간 성찰'의 문제에 대하여 말씀드리고자 합니다.

여러분은 우리 헌법에 등장하는 용어 중 최고의 개념이 무엇이라고 보십니까? 저는 그것이 제 10조에 나오는 '인간으로서의 존엄과 가치'라고 말하는 데 주저하지 않습니다.

현대는 격변의 시대이며 질풍노도의 시대입니다. 그러나 그러한 가운데에서도 변하지 않는 영원한 진리가 있습니다. 그것은 모든 인간은 존엄성과 가치를 지닌 고귀한 존재라는 점입니다. 헌법의 모든 조항이 직간접적으로 이와 관련된 것이라 하여도 과언이 아닙니다. 헌법이 자유와 평등을 비롯한 기본적 인권을 보장하고 국가권력을 나누어 균형과 견제를 도모하는 등등이 모두 인간으로서의 존엄과 가치를 보장하기 위한 것이라 할 수 있습니다.

저는 과거 30여 년간 검사생활을 했습니다. 초임 시절부터 인간의 존엄과 가치가 우리 헌법상의 최고 이념이라는 것을 교과서적으로는 알고 있었습니다. 그러나 그것이 검사의 실체적 진실 발견의 임무보다 훨씬 더 중요한 상위가치라는 것을 내심으로 수긍하는 데는 한참 더 시간이 걸렸습니다. 그만큼 젊은 시절의 저는 직업에 매몰되어 있었고, 그로 인해 적지 않은 오류를 범했던 것이 사실입니다.

여러분들은 모두 이러한 오류로부터 최대한 자유로워야 합니다. '인간으로서의 존엄과 가치', 이것은 법률가가 다루는 모든 업무의 대전제가 되지 않으면 안 됩니다.

크건 작건 법률가가 취급하는 모든 사건에는 그 사건에 특유한 인생의 문제가 배후에 깔려 있습니다. 그러기 때문에 법률가는 사실인정이나 법률적용 문제 이상으로 그 사건의 배후에 깔려 있는 이러한 고달픈 인생의 문제를 간과해서는 안 됩니다. 인간에 대한 성찰이 필요한 것입니다.

법률가들은 일상에서 수많은 사건들을 계속적·반복적으로 처리합니다. 그러나 절대 잊지 마십시오. 우리가 무심히 처리하는 일상의 사건들이 개개의 당사자에게는 일생이 걸린 중대사인 경우가 허다합니다. 따라서 사건을 기계적으로만 처리하거나, 그로 인해 얻을 경제적 이익만을 생각한다면 결코 좋은 법률가가 될 수 없습니다.

특히 우리 주변에는 경쟁에서 탈락하고 소외되어 인간으로서의 존엄과 가치를 지켜나가지 못하는 많은 사회적 약자들이 있습니다. 그러한 사회적 약자들이 법치주의의 틀 안에서 보호받지 못한다면 우리 사회의 갈등은 깊어질 수밖에 없습니다. 법률가는 그들과 아픔을 함께하면서, 자신이나 공동체가 누리는 혜택을 나누어 가지는 데 인색하지 말아야 합니다. 이것은 어느 사회에서나 지도층에 있는 사람들에게 지워진 중요한 책무입니다.

5. 법률가의 영역 확대와 전문성 제고

다음으로 법률가의 영역 확대와 전문성 제고라는 현실적인 문제에 대하여 말씀드리고자 합니다.

외부에서 지적하는 것처럼 과거 우리 법조계는 엄격한 자격제도와 진입장벽이라는 보호 아래 안주해 왔습니다. 소수의 법률가가 일방적으로 제공하는 법률서비스를 국민들은 그대로 수용할 수밖에 없었습니다.

그러나 여러분이 마주하게 될 법조 환경은 급격히 변하고 있습니다. 법조인 숫자의 대폭적 증가로 국내의 전통적인 법률시장은 이미 포화상태에 이르렀고, 외국에 대한 법률시장의 개방도 이미 시작되고 있습니다. 우리 법조계는 이러한 환경 변화에 대처할 수 있는 능력과 체질을 기르지 않으면 안 됩니다.

그러기 위하여서는 먼저 법률가가 활동할 수 있는 잠재적인 영역을 개척하고 발굴해 나가야 합니다. 전통적으로 소위 "법조삼륜"이라고 일컬어지는 판사, 검사, 변호사의 법조직역 이외에 사회의 다양한 여러 분야로 진출하여 그 분야를 선도할 수 있는 법률가가 되어야 합니다.

정부나 공공기관은 물론이고 대학, 기업, 종교, 각종 이익단체나 시민단체 등등에도 활발히 진출해야 합니다. 그래야만 우리 법조계의 활로가 열리고, 동시에 우리 사회의 구석구석에 법과 정의가 제대로 작동할 수 있게 됩니다.

아시다시피 미국의 경우 역대 44명의 대통령 중 변호사 출신의 대통령이 무려 22명이나 되고, 상·하의원, 대학총장, 기업의 CEO 중 변호사 출신은 그 수를 헤아리기조차 어렵습니다.

최근 우리나라에서도 새로운 직역으로 진출하는 법률가의 숫자가 조금씩이나마 늘어가고 있기는 합니다. 18대 국회의원 중 변호사 출신이 56명으로 전체의 20%에 육박하고 있습니다. 정부기관에 근무하는 변호사도 200여 명에 이르렀습니다. 주요 기업의 인하우스 카운셀도 500여 명 정도로 추산되며, 그중에는 그룹의 정책 관리자가 되거나 계열회사의 CEO로 진출한 분들도 있습니다.

하지만 전체 법조인 수에 비하면 그러한 숫자는 아직도 미미하기 짝이 없습니다. 우리는 이러한 숫자를 대폭 늘려 나가는 한편, 그 밖에도 법률가의 새로운 블루오션을 스스로 찾아내지 않으면 안 됩니다.

그러기 위하여 여러분들은 자신에게 가장 알맞은 분야를 찾아 그 분야의 전문가로 성장해 나가야 합니다.

오늘날 사회 경제적 요건이 크게 변화하고 복잡다기해짐에 따라 법의 영역 또한 날로 다양화·세분화되고 있습니다.

여러분들은 로스쿨 시기부터, 최소한 어느 한 특수 분야에서는 내가 최고의 전문가가 되겠다는 각오로 관심을 가지고 준비하지 않으면 안 됩니다. 제너럴리스트를 넘어서 스페셜리스트가 되는 것이 필요한 것입니다.

나아가 우리는 외국의 법조인들과 당당히 겨룰 수 있는 국제적인 안목과 소양을 길러야 합니다. 국내 법률시장의 전체 외형이 아직 미국이나 영국의 대형 로펌 하나의 매출에도 미치지 못하고 있는 것이 현실입니다. 세계화의 물결 속에 살아가고 있는 오늘날, 수요자들이 요구하는 법률서비스는 더 이상 국내법의 영역에 머무르지 않습니다.

여기에다 법률시장의 개방으로 세계 각국의 법률가들이 우리 법률시장을 공략해 올 것입니다. 이에 대처하기 위하여 우리 법률가들도 국제적 분야에 눈을 돌리고 전문성을 기르는 것이 긴요합니다. 또 미국이나 서구는 물론 중국, 인도, 동남아시아, 중동, 아프리카 등 나날이 성장하는 해외 법률시장에 활발히 진출해야 합니다.

뛰어난 외국어 구사능력이 요구됨은 두말할 나위도 없습니다. 이는 선택이 아니라 필수입니다.

이미 우리의 기업인이나 체육인, 예술가, 학자 들은 그 분야의 세계무대에서 최고의 기량을 마음껏 펼치고 있습니다. 대한민국 최고의 인재들이라고 자부하는 우리 법률가들이 이에 뒤져야 할 이유가 없지 않겠습니까.

나아가 법률 전문가로서뿐만 아니라 법률 이외의 분야에 대한 풍부한 소양도 키워 나가야 합니다. 오늘날 단순한 법률지식만으로는 주어진 문제를 종합적으로 올바르게 파악하고 해결할 수 없습니다. 법률의 세계는 자급자족의 독립된 영역이 아니라 다른 분야와 긴밀히 연관되어 얽히고설켜 있기 때문입니다.

최근 언론보도에 보니 어떤 대학의 로스쿨에서는 변호사 시험 과목 이외의 특수과목에 대한 수강신청이 거의 없어 강좌를 폐강하는 경우가 허다하다고 하는데, 이는 매우 바람직하지 못한 현상입니다. 물론 로스쿨 학생으로서는 변호사 시험 합격이 선결과제이고, 또 그 준비만으로도 벅찬 것은 사실입니다. 그러나 여러분은 밤잠을 줄여서라도 이 시대와 사회가 요구하는 여러 분야에 대한 폭넓은 지식과 능력을 함께 길러 나가지 않으면 안 됩니다.

사법이 시대의 변화를 쫓아가지 못하면 법이 오히려 국가 사회 발전의 걸림돌이 될 수도 있습니다. 또, 법률가의 무능이나 게으름은 경우에 따라 사회에 해악이 될 수도 있음을 유념해 주시기 바랍니다.

6. 법률가의 품격과 윤리

끝으로 법률가의 품격과 윤리에 대하여 언급하고자 합니다.

살다 보면 어디인지 모르게 범할 수 없는 기품이 느껴지는 분들이 있습니다. 그런 분들 앞에서면 저절로 머리가 숙여지고 그 여운과 향기가 뒷날까지 오래 남습니다. 우리 사회는 법률가들에게서 그러한 정도의 품격을 기대하고 있습니다.

나아가 법률가 사회에는 특유한 윤리가 있고, 그 윤리 기준은 대단히 높습니다. 사소한 흐트러짐도 용납되지 않는 경우가 많습니다. 법률가가 지탄을 받는 사회에서는 법치가 정착되기도 어렵다는 사실을 염두에 두어야 할 것입니다.

또 법률가는 어느 분야에서 일하든 간에 단순한 직업인이기에 앞서 공익에 봉사하는 공인입니다. 법률가들이 받고 있는 존경과 특권은 그들이 사회에 대하여 베푸는 공인으로서의 봉사와 노력의 대가일 뿐입니다.

예비 법조인 여러분들은 지식과 기능을 습득하는 것 이상으로 법조인으로서의 품격과 윤리, 그리고 공인으로서의 자세를 갖추는 데 노력을 아끼지 말아야 합니다.

특별히 법률가는 공사생활 간에 말을 아끼는 것이 좋습니다. 법정 스님의 표현처럼 "말의 의미가 안에서 여물 수 있도록 침묵의 여과기에서 거르는 과정"이 필요합니다.

사건 관계인은 법률가의 말 한마디에 일희일비하면서 촉각을 곤두세우고, 순박한 국민은 그들의 말을 곧 법으로 여깁니다. 그렇기 때문에 법률가의 말은 천금의 무게를 가져야 합니다. 검사는 공소장만으로 말하고, 판사는 판결문만으로 말한다는 법언도 이런 맥락에서 나온 것이리라 생각합니다.

반면에 법률가는 다른 사람의 말을 듣는 데에는 가히 이골이 나야 합니다. 사건 관계자들은 항시 많은 설명을 하고 싶어 합니다. 그들의 말은 정제되지 않고 장황하며 요령부득인 경우가 대부분입니다. 그래도 들어야 합니다. '경청'은 법률가에 있어 가장 중요한 덕목입니다.

일반적으로 사람의 마음을 얻을 수 있는 가장 확실한 지름길은 그의 말을 잘 듣는 것입니다. 그래서 스티븐 코비는 "성공하는 사람들의 일곱 가지 습관" 중 하나로 "먼저 경청하라. 그 다음에 이해시켜라."라는 항목을 들었습니다. 적게 말하고 많이 듣는 습관을 기르는 것은 법률가로서의 중요한 성공조건이라 단언할 수 있습니다.

7. 맺는말

지금 여러분은 막 출발선을 떠나려는 마라토너입니다. 달리다 보면, 숨이 턱밑까지 차오르고 심장이 터질 듯한 힘든 시기도 있을 것입니다. 금방이라도 주저앉고 싶은 좌절의 순간도 있을 것입니다.

하지만 아무런 어려움이 없는 안락한 일상에서는 발전의 동력이 생기기 않습니다. 역사적으로 발전과 도약은 대부분 위기와 고난을 겪으면서 이루어졌습니다.

그러므로 여러분은 변화를 두려워하거나 현실에 안주하지 말고 과감히 도전하십시오. 도전하는 사람이 패배하는 경우도 더러는 있습니다. 하지만 도전하지 않는 사람은 항상 패배자로 남을 뿐입니다.

젊은 여러분은 한국 법조의 미래이자 희망입니다.
지금의 젊음을 오래오래 간직하십시오. 나이를 많이 먹더라도 꿈을 실현하고자 하는 강한 의지, 풍부한 상상력과 불타는 열정이 있는 한 젊음은 지속되는 것입니다.

꿈을 실현하기 위해 지금까지 달려온 것처럼 오늘 또 하나의 출발점에 서서 더 큰 꿈을 향해 힘껏 달려가십시오.

보람과 영광이 여러분의 몫이 될 것입니다.

감사합니다.

— 2011. 2. 28.

서울대학교 법과대학 동창회장

김경한

서울법대 제65회 졸업식 축사

I

오늘 서울대학교 법과대학과 대학원에서 각고의 노력 끝에 소정의 과정을 성공적으로 마치고 법학사, 법학석사, 법학박사 학위를 받으신 여러분들께 진심으로 축하를 드립니다.

또, 그동안 사랑과 희생으로 여러분들을 뒷바라지해 오신 가족들께도 축하와 감사의 말씀을 드립니다.

나아가 긴 세월 여러분들에게 훌륭한 가르침을 베풀어주신 정종섭 학장님을 비롯한 여러 교수님들의 노고에 경의를 표합니다.

아울러, 자랑스러운 후배 여러분들을 우리 동창회의 새로운 가족으로 맞이하게 된 것을 기쁘고 반갑게 생각하면서 1만 6천여 동문들과 함께 충심으로 환영하여 마지않습니다.

II

돌이켜 보면, 1895년 우리 법과대학의 전신(前身)이라 할 수 있는 법관양성소가 개학한 지 116년이 흘렀습니다. 해방 후 우리 국립서울대학교가 종합대학교로 개교한 지도 어언 65년이 지났습니다.

이러한 시점에서 국가제도의 변화로 여러분과 제가 다니던 유서 깊은 서울법대 시대가 서서히 종언을 고하고, 새로운 법학전문대학원 시대로 이행하게 되었습니다. 한편으로는 매우 섭섭하고, 다른 한편으로는 새로운 제도에 대한 기대도 가지게 됩니다.

III

잘 아시는 바와 같이 우리나라는 세계에 유례없이 짧은 기간에 산업화와 민주화라는 지극히 어려운 두 가지 과제를 함께 이루어냈습니다. 전란으로 기아에 허덕이던 지구상의 최빈국이 세계 10위권의 경제대국으로 성장한 것입니다.

이처럼 우리나라가 기적적인 발전을 이룩한 데에는 각계에서 활약하는 우리 법과대학 졸업생들의 역할이 지대하였습니다. 우리 법대생들의 뛰어난 자질, 자기의 일에 대한 열정, 그리고 풍부한 상상력과 도전정신, 이런 것들이 합쳐져서 우리나라 발전과 도약의 원동력이 되었던 것입니다. 여러분들은 이 점에 관하여 큰 자부심과 긍지를 가져도 좋으리라 생각합니다.

IV

졸업생 여러분들은 오늘부터 교문을 나서 사회에 첫발을 내딛게 됩니다. 최근 어려워진 환경으로 그 발걸음이 가볍지만은 않다는 것을 잘 알고 있습니다.

하지만 저는 지금 이 자리에 오기까지의 여러분의 각고의 노력을 알기에, 여러분들이 가슴에 품은 꿈과 이상을 믿기에, 특히 "하늘이 무너져도 정의는 세워라"라는 확고한 서울법대 정신으로 무장된 분들이기 때문에, 여러분들은 어떠한 고난이 올지라도 이를 잘 헤치고, 계속 우리 사회의 주역으로서의 역할을 훌륭히 감당해 나갈 수 있으리라 굳게 믿습니다.

V

그런 의미에서 여러분에게 몇 가지 말씀을 드리고자 합니다.

먼저, 여러분은 사회에 나가 언제 어떤 일을 하시던 간에 학창 시절의 젊고 풋풋한 꿈을 잊지 말아주시기 바랍니다.

꿈을 가진 자만이 새로운 것을 이룹니다. 그러므로 여러분은 항시 자신을 새로이 하기 위하여 부단히 노력하십시오. 졸업 후에도 긴장의 끈을 늦추지 말고 자기분야에서 최고의 전문가가 되고, 이를 통하여 국가와 사회에 이바지하겠다는 각오로 일신우일신 해주시기 바랍니다.

다음으로, 다른 사람에게보다 자신에게 더 엄격한 자세를 유지하여 주시기 바랍니다.

사회생활에는 철저한 자기관리가 필요합니다. 사소한 흐트러짐도 용납되지 않을 때가 많습니다.

법이 사회생활의 잣대가 되듯이, 법학도는 우리 사회를 이끌어가는 리더로서 다른 사람들에게 수범이 되어야 합니다. 그러기 위하여 매사에 말을 아끼고 절제된 생활을 체질화하는 것이 필요합니다.

다음으로, 따뜻한 가슴을 지닌 법학도가 되어 주시기 바랍니다.

법률이나 지식만으로 상대방을 감동시킬 수는 없습니다. 부단한 인간 성찰, '인간으로서의 존엄과 가치'에 대한 확고한 신념을 함께 갖추어야 합니다.

특히 우리 주변에는 소외되어 어렵게 살아가는 많은 사회적 약자들이 있습니다. 그들과 아픔을 함께하면서 자신이 누리는 혜택을 나누어 가지는 데 인색하지 말아야 합니다. 이것은 어느 사회에서나 지도층에 있는 사람들에게 지워진 중요한 책무입니다.

끝으로, 자랑스러운 서울법대 동문으로서, 모교의 발전과 동창 사랑에도 적극 참여해 주실 것을 함께 부탁드립니다.

지금 저는 여러분의 형형한 눈빛에서 결의와 희망을 봅니다. 그래서 매우 기쁘고 흐뭇합니다. 여러분의 앞길은 양양하고, 신의 가호가 항시 여러분과 함께할 것입니다.

오늘 여러분들의 빛나는 영광과 성취를 다시 한 번 축하드리면서, 여러분 모두 내내 더욱 건강하시고 더욱 행복하시기를 축원 또 축원합니다.

감사합니다.

— 2011. 2. 25.

서울대학교 법과대학 동창회장

김경한

머문 듯 가는 것이 세월인 것을

이준 열사 동상 제막식 축사

I

오늘 '법의 날'을 맞아 신록이 아름다운 이 교정에서 우리나라의 위대한 애국자이신 이준 열사의 동상을 제막하게 된 것을 매우 뜻깊게 생각합니다.

먼저 바쁘신 가운데서도 이 자리에 왕림하여 주신 존경하는 오연천 서울대학교 총장님, 각 대학 학장님, 서울대학교 총동창회의 손일근 상임부회장님과 서울법대 동창회의 이상혁, 정해창, 이재후 전임 회장님, 정성진 전 법무부 장관님과 김준규 전 검찰총장님, 신영무 대한변협 회장님과 오욱환 서울지방변호사회장님께 충심으로 감사를 드립니다.

그리고 유가족 대표로 참석하신 이준 열사의 외증손자 조근송 님과 '사단법인 일성이준열사기념사업회' 전재혁 회장님을 비롯한 관련 단체 대표님들께 특별한 감사와 위로의 말씀을 드립니다.

서울법대 동문 여러분들과 재학생, 그 밖에 자리를 빛내주신 모든 귀빈들께 감사를 드립니다.

그리고 저희 동창회와 함께 이 동상 건립을 기획하고 오늘의 제막에 이르기까지 노고를 아끼지 않으신 정종섭 서울법대 학장님과 여러 교수님께도 깊이 감사를 드립니다.

특히, 심혈을 기울여 이토록 훌륭한 작품을 제작하여 주신 우리나라 조각계의 거성 최인수 서울 미대 교수님께 만강의 경의와 감사를 표합니다.

Ⅱ

왜 서울법대 교정에 하필 이준 열사의 동상을 건립하게 되었는가, 이준 열사와 서울법대는 어떻게 연결되는 것인가? 많은 분들이 이에 대하여 의문을 표시하였습니다. 조금 전 정종섭 학장께서도 언급하셨습니다만, 여기에는 몇 가지 중요한 이유가 있습니다.

첫째로, 이준 열사는 구한말인 1895년 개설된 우리나라 최초의 근대 법학 교육기관인 법관양성소 제1회 졸업생이고, 우리는 오래전부터 이 법관양성소를 서울법대의 전신 내지 원조로 삼아 왔습니다.

그래서 서울법대 동창회 명부에도 그 첫머리에 법관양성소 제1회 졸업생 47분의 명단이 나오는데 그중 가장 대표적인 인물이 바로 이준 열사인 것입니다. 말하자면 이준 열사는 우리 서울법대생들의 최고의 선배 중 한 분이십니다. 지난 2001년 서울법대 동창회는 이준 열사를 '자랑스러운 서울법대인'으로 선정하여 현창한 바도 있습니다.

　이준 열사는 법관양성소 졸업과 동시에 동기생 중 유일하게 우리나라 최초의 검사시보로 임명되었고, 뒤에 검사로도 활동하는 등 근대 사법제도가 도입된 후 최초의 법조인이 된 인물이기도 합니다.

　둘째로, 이준 열사는 우리 역사상 위대한 애국자 중 한 분이십니다.

　그분의 전 생애는 호국과 애국애족의 정신으로 점철되어 있습니다. 조선독립협회·공진회·헌정연구회·자강회 등 여러 애국단체를 이끌었고, 교육운동·국채보상운동 등을 주도하였으며, 그 과정에서 여러 차례 투옥되기도 하였습니다.

　잘 아시다시피 그는 우리나라가 을사늑약으로 외교권 등 중요한 국권을 일본에 빼앗긴 상황에서 고종 황제의 밀명을 받고 헤이그에서 열린 만국평화회의에 특사로 밀파되었습니다. 그곳에서 수개월간 외교권이 상실된 데서 오는 온갖 악조건을 무릅쓰고 각국 대표와 언론에 일제 침략의 불법·부당성을 알리고 국권회복을 위해

밤낮으로 노심초사하다가 그 큰 뜻을 이루지 못하고 현지에서 분연히 순국하셨습니다.

셋째로, 이준 열사는 법의 정신에 대한 확고한 신념을 가지셨고 남달리 정의감이 강하셨던 분입니다.

잘 알려진 바와 같이 법률가로서의 이준 열사는 성품이 매우 강직하여 불의와 일체 타협하지 않고 이에 과감히 항거하였으며, 그로 인하여 여러 차례 큰 고초를 겪기도 하였습니다. 그래서 당시 주위 사람들은 그분에게 법을 지키는 신이라는 의미에서 "호법신"이라는 별칭까지 붙여 주었다고 합니다.

이러한 자세는 "하늘이 무너져도 정의는 세워라"라는 서울법대의 정신과 맥을 같이하는 것이라 하겠습니다.

마지막으로, 최근 서울대학교 본부와 총동창회는 오랜 역사적 고찰 끝에 법관양성소가 개소된 1895년을 법대뿐만 아니라 서울대학교 전체의 시발점인 개학 원년으로 확인한 바 있습니다. 그래서 어디엔가 이 1895년의 서울대학교 개학 원년을 대내외에 선포하는 상징적인 조형물을 설치하는 것이 좋겠다는 논의가 있어 왔는데, 이번 이준 열사의 동상 건립에는 그러한 의미가 내포되어 있는 것이라 하겠습니다.

이러한 몇 가지 점에 비추어 이 교정에 이준 열사의 동상을 모시는 것은 충분한 이유가 있다고 할 것이며, 오히려 우리 후학들이 그 동안 너무 무심히 지내오지 않았는가 하는 생각마저 듭니다.

III

이준열사가 1907년 7월 14일 천만리 이국땅에서 순국하신지 엿새 후인 7월 20일, 대한제국의 고종 황제는 일본 군부의 강압에 의해 황태자에게 양위를 하지 않을 수 없게 되었고, 그로부터 약 3년 후 일본에 강점되어 나라를 잃게 된 것입니다. 참으로 슬픈 역사였습니다.

그러나 우리나라는 그로부터 36년 만에 독립을 되찾았고, 오늘에 이르기까지 짧은 기간에 큰 발전을 이룩하였습니다.

이준 열사께서 나라의 외교권을 회복하려고 분투하다가 순국하신 지 100여 년의 세월이 지난 오늘날, 대한민국에서 반기문 UN 사무총장이 배출되고, 우리의 동문인 송상현 전 서울법대 교수는 이준 열사가 서거한 도시 헤이그에 있는 국제형사재판소 소장으로 활약하고 계십니다.

실로 격세지감이 있다고 하겠습니다. 저는 이러한 모든 일들이 이준 열사를 비롯한 많은 애국지사의 호국정신과 그분들이 뿌린 작은 씨앗의 결실들이라고 믿습니다.

IV

오늘 이 교정에 이준 열사의 동상을 모심에 있어 여러모로 부족한 제가 그 제작 비용을 봉헌할 수 있게 된 것을 참으로 기쁘고 영광스럽게 생각하면서 모든 분들께 거듭 깊은 감사를 드립니다.

모쪼록 아침저녁으로 이곳을 지나다니는 우리의 후배들이 이 동상을 보면서 그분의 생애와 정신을 묵상하고 그분의 애국심과 정의감을 기리고 본받는 데 조금이라도 도움이 된다면 더 이상의 보람이 없겠습니다.

감사합니다.

— 2012. 4. 25.

서울대학교 법과대학 동창회장

김경한

숙모님 팔순 축사

세월이 참으로 빨라서 우리 행소리 숙모님께서 팔순을 맞으셨습니다.

먼저 이 복된 날을 맞아 불초한 이 조카가 숙모님께 모든 대소가를 대표하여 진심으로 축하를 드립니다.

우리 숙모님은 1923년 음력 7월 20일 경상북도 예천군 호명면 행소리(행정구역상으로 호명면 백송리이지만 문중에서 모든 사람들이 당신을 "행소리댁"이라 정겹게 불러 왔습니다)에서, 퇴계 선생의 후손인 부친 '穆자 熙자' 분과 모친 '蔡 商자 鴻자' 분의 네 따님 가운데 셋째 따님으로 태어나셨습니다.

천석꾼의 집안에서 남부럽지 않은 유년 시절을 보내신 것으로 듣고 있습니다.

숙모님께서는 1943년, 스무 살 꽃다운 나이에 저의 막내 숙부님이시던 '鳴자 九자' 분과 작수성례(당시 저의 조모님 병환이 위중하시어 작고하시기 전에 급히 성혼을 시키고자 정화수만 떠놓고 행한 혼례식)로 혼례를 치르시고, 저희 광산 김 씨 문중으로 시집오신 후, 예쁘신 자태와 조신하신 행실로 주위의 부러움을 사고, 특히 저의 조부이시자 당신의 시아버님이시던 '基자 南자' 어른의 각별하신 며느리 사랑도 흠뻑 받으셨습니다.

숙모님 내외분께서는 슬하에 정훈, 혜영, 혜숙, 혜경, 영훈, 이렇게 2남 3녀를 낳으셔서, 보시다시피 누구라도 부러워할 정도로 이렇게 훌륭하게 키워놓으셨습니다.

저를 포함한 주위의 모든 사람들이 숙모님을 특별히 사랑하고 존경하는 데에는 남다른 이유가 있습니다.

여기 숙모님의 부군 되시는 저의 막내 숙부님께서는 총명함과 영민함이 출중하셨으나 사업 실패에 겹친 득병으로 인해 큰 뜻을 다 이루시지 못하고 1975년 5월, 53세를 일기로 짧은 일생을 마감하시고 소천하셨습니다.

남은 여섯 식솔들의 끼니를 걱정할 정도로 기운 가세를 홀로 책임지시게 된 저의 숙모님께서는 가녀린 아녀자의 몸임에도 불구하고, 자녀의 양육을 위하여 필요한 일이라면 어떠한 궂은일과 힘든 일도 마다치 않으시며 억척같이 이를 감내해 오셨습니다.

그 시절 숙모님께서 겪으신 역경과 고초를 어찌 필설로 다 표현할 수 있겠습니까.

그러나 숙모님께서는 이러한 어려움을 혼자서 다 이겨내셨습니다. 슬하의 5남매를 강건하게 잘 키우시고 가르치셨을 뿐만 아니라 모두 훌륭한 배필들을 골라 혼사까지 마치셨습니다.

특히 숙모님의 그러한 노력과 남다른 교육열이 충실한 열매를 맺어, 맏아들 정훈은 장기간 공직에 몸담아 국가를 위해 성실히 봉사하다가 퇴임한 후 지금도 주요기업의 핵심 간부로서 계속 왕성하게 활동하면서 집안을 잘 이끌어 나가고 있고, 막내 영훈은 박사 학위까지 취득함으로써 연전에 안동 군자리에 소재한 문중 사당에서 고유한 바 있으며, 현재 농촌경제연구원 연구위원으로 북한 담당 팀장의 역할을 훌륭하게 수행하고 있습니다.

그리고 세 딸들과 사위들은 하나같이 금슬 좋은 가운데 많은 자녀들을 낳아 다복한 가정을 이루고 있습니다.

그뿐만 아니라 당신이 홀로 되신 어려운 상황임에도 불구하고 자식에 대한 엄한 가정교육을 게을리하지 않으셔서 다섯 형제가 한결같이 어머니에 대한 효성이 지극하고, 형제간의 우애가 두터울 뿐만 아니라, 집안 대소사에도 소홀히 하는 일이 없어 주위의 칭송을 받고 있습니다.

이는 모두 숙모님의 올곧고 정숙하면서도 자중자애하신 성품에 힘입은 것이라 하겠습니다.

나아가 당신께서는 건강이 허락하는 한 자식에 의존하지 않으시겠다는 일념 하에, 본가와 가까운 곳에 조촐한 아파트를 장만하여 홀로 기거하시면서 근검절약과 안빈낙도의 덕목을 몸소 실천하고 계시며, 연전에는 천주교에 귀의하여 진실한 신앙생활을 하고 계십니다.

참으로 존경스러운 모습이 아닐 수 없습니다.

과거 무척이나 고생을 하시었지만 이제 모든 것을 이루신 숙모님께서는 남부러울 일이 아무것도 없습니다.

앞으로 더도 덜도 말고 지금껏 살아오신 숙모님의 방식대로 꼿꼿이 살아가시기만 하면 됩니다.

오늘 보니 우리 숙모님께서는 지금도 새색시처럼 변함없이 젊고 아름다우십니다.

저희들 모두는 숙모님께서 주님의 크신 은총 속에서 자녀들의 더 큰 효성을 받으시고, 더욱 건강하시고 행복하신 가운데 오래오래 사실 것을 믿고 또 그렇게 기도하겠습니다.

숙모님, 숙모님, 우리들의 행소리 숙모님, 진정으로 사랑합니다.

— 2003년 음력 칠월 스무날
숙모님 팔순을 맞아
조카 경한 올림.

'기쁨과희망은행' 창립 5주년 축사

I

존경하는 김성은 천주교 서울대교구 사회교정사목위원장 신부님, 교정사목위원회와 '기쁨과희망은행' 관계자 여러분, 그리고 자리를 함께하신 후원회원과 귀빈 여러분!

오늘 기쁨과희망은행 창립 5주년을 맞아, 우리 은행의 지난날을 되돌아보고 앞으로의 비전을 모색하기 위한 심포지엄을 열게 된 것을 매우 뜻깊게 생각하면서, 진심으로 이를 축하해 마지않습니다.

II

그러고 보니 세월이 참 빠르기도 합니다. 제가 과거 법무부 장관의 직에 있으면서 기쁨과희망은행 창립 기념식에 참석하여 축사를 한 것이 바로 엊그제 같은데, 어느새 5년이 흘렀습니다.

5년 전 우리의 기쁨과희망은행은 그야말로 조촐하게 출범하였습니다.

소박한 꿈과 기대도 가졌지만, 솔직히 일말의 염려와 불안감도 없지 않았습니다.

일반적으로 마이너 크레디트는 자금의 용처나 회수의 불확실성을 그 속성으로 가지고 있습니다. 더구나 기쁨과희망은행은 그 대상이 출소자들이라는 점을 감안할 때, 그 불확실성은 더욱 클 수밖에 없습니다. 과연 그 앞날이 어떠한 양상으로 전개될 것이며 사업의 영속성을 유지할 수 있을는지, 우리들의 걱정이 컸던 것이 사실입니다. 또 실제로 그 운영과정에서 어려운 문제가 생긴 경우도 없지 않았습니다.

그럼에도 불구하고 기쁨과희망은행은 어언간 130여 명의 출소자들에게 20억 원이 넘는 사업자금을 지원하였습니다. 참으로 소중하고 알뜰한 성과라고 아니할 수 없습니다. 이는 오로지 신부님들을 비롯한 은행 관계자 여러분과 이를 직간접적으로 후원해 주신 여러분 모두의 진심과 헌신의 덕분이라고 하겠습니다.

저는 이 자리를 빌려 그 모든 분들에게 충심으로 감사의 말씀을 드립니다.

Ⅲ

저는 평생을 법무부와 검찰에서 일해 왔고 그 과정에서 한때 전국의 교정행정을 책임지는 자리에 있기도 하였습니다. 자연히 범죄자를 처벌하고 잡아 가두는 일뿐만 아니라, 그들을 어떻게 처우하고 건전하게 사회에 복귀시킬 것인가의 문제에 대하여도 깊이 고민해 왔습니다.

재조에서는 물론 재야에 나와서도 여러 차례 교도소를 방문하고 재소자들과 많은 대화를 나누었습니다.

매월 정기적으로 접견·상담을 해 오던 어느 청년 재소자의 가톨릭 견진성사에 대부를 선 일도 있습니다. 다행스럽게도 그 대자는 장기형을 무사히 마치고 모범수로 출소하였습니다. 출소 후 직장을 얻고, 참한 여자와 결혼하여 가정을 잘 꾸려나가고 있으며, 얼마 전 아기를 낳아 저에게 이름을 지어 달라고 청하기도 하였습니다.

이러한 출소자의 경우는 매우 바람직한 성공 사례입니다. 그러나 불행하게도 이러한 성공 사례는 그리 흔하지 못합니다.

재소자들이 교도소의 문을 나서는 순간 대부분 그 앞길은 막막합니다. 그들의 손은 비어 있고 바깥 사회의 시선은 싸늘합니다. 거리를 방황할 수밖에 없는 그들에게 다가오는 것은 바로 재범의 유혹입니다. 그래서 악순환이 되풀이되는 것입니다.

이러한 악순환의 고리를 끊는 가장 확실한 방안은 비록 소규모일지라도 그들이 자활할 수 있는 생업을 마련해 주는 것입니다. 물고기를 잡아 주는 것이 아니라 물고기를 잡는 방법과 도구를 제공해 주는 것입니다.

어떤 면에서 출소자들은 이 세상에서 가장 작고 힘들게 살아가고 있는 사람들입니다. 그러나 예수님께서는 이들처럼 "가장 작은 사람들에게 해준 것이 바로 나에게 해준 것"이라고 하셨습니다. 그렇게 볼 때 이들을 돌보는 일은 우리 신자들 모두에게 주어진 또 하나의 사명이라고 하겠습니다.

기쁨과희망은행은 바로 이러한 이유와 취지에서 탄생한 것입니다.

물론 아직은 하나의 작은 묘목에 불과합니다. 그러나 성서 말씀대로 그 시작은 보잘것없었지만 그 앞날은 크게 번창하리라 기대합니다.

김성은 위원장 신부님께서 최근 《빛의 사람들》잡지에 쓰신 말씀이 기억납니다. "기쁨과희망은행은 단순히 돈만 빌려드리는 은행이 아니라 믿음과 사랑을 함께 빌려드리는 은행"이라는 말씀입니다.

그렇습니다. 기쁨과희망은행 금고 안에는 약간의 돈도 있겠지만 그보다 훨씬 많은 믿음과 사랑, 이름 그대로 기쁨과 희망이 쌓여 가고 있습니다.

저도 앞으로 미력하나마 이 사업에 여생의 힘을 보태고자 합니다. 그러면서 좀 더 많은 분들이 좀 더 적극적으로 이 사업에 동참해 주실 것을 간곡히 호소합니다. 오늘의 심포지엄이 이를 위한 또 하나의 훌륭한 계기가 될 수 있기를 기대합니다.

끝으로 오늘 이 심포지엄에 주제를 발표해 주시는 이백철, 최용훼 두 분 교수님과 토론에 참여해 주시는 네 분의 전문가들, 그리고 귀한 시간을 할애하시어 이 자리에 참석해 주신 모든 분들께 거듭 감사와 경의를 표하면서 축사에 갈음하고자 합니다.

감사합니다.

— 2013. 6. 25.

천주교 서울대교구 사회교정사목위원회 고문

김경한

주례사

신랑: 이정민 군
신부: 김서민 양

Ⅰ

오늘 우리 모두는 참으로 반갑고 기쁜 마음으로 이 자리에 모였습니다.

오늘 2011년 12월 10일, 이 복된 날을 가리어 신랑 이정민 군과 신부 김서민 양이 백년가약의 화촉을 밝히게 된 것입니다.

저는 먼저 오늘의 주인공인 신랑 신부에게 진심으로 축하를 드립니다. 양가의 혼주와 가족분들께도 축하와 경의를 표합니다. 또한 이 자리에 참석해 주신 하객 여러분께도 깊이 감사를 드립니다.

Ⅱ

거금 반세기 전 제가 대구에서 올라와 법과대학에 입학했을 때의 일입니다. 그때 강원도 강릉에서 유일하게 법대에 합격한 학생이 있었습니다. 피차 외롭던 처지라 두 사람은 금세 친해졌습니다. 대학 4년간을 내내 붙어 다녔습니다. 졸업 후 두 사람은 법조계에 투신하여 저는 검사의 길로, 그는 판사의 길로 갔지만 그 우정은 평생토록 계속되었습니다. 그는 참한 여류시인과 결혼하여 슬하에 1남 2녀를 두고 행복하게 살아가고 있습니다.

그 내외분이 바로 저기 앉아 계시는 김남태 판사와 안경원 시인이며, 그 둘째 딸이 바로 오늘의 주인공인 신부 김서민 양입니다.

그가 오늘 신랑으로 맞이한 이정민 군은 높은 덕망과 학식으로 지역에서 존경받는 교육자이신 이상호 교장 선생님과 최정자 여사의 장남으로 태어났습니다.

이 군은 그처럼 훌륭한 가문에서 성장하여 서울대학교 법과대학을 졸업한 후 법률가의 최고 등용문인 사법시험에 우수한 성적으로 합격하였습니다. 그 뒤 군에 입대하여 신성한 국방의 의무를 마친후 지금은 사법연수원에서 법률가로서의 소양을 연마하고 있으며, 내년 초 졸업을 앞두고 있습니다. 장래가 크게 촉망되는 훌륭한 예비 법조인입니다.

한 세대의 차이가 있기는 하나, 신랑 이 군은 저의 대학 후배이자 법조계의 후배라는 특별한 인연이 있습니다.

이 군은 교육자의 자제답게 천성이 착하면서도 남달리 정의감이 강하며, 매사에 진지하고 부지런한 데다가, 또 보시다시피 준수하게 잘생긴 훤칠한 장부입니다.

한편 신부 김서민 양은 앞서 말씀드린 것처럼 법도가 서 있으면서도 시적인 분위기가 흐르는 좋은 가정에서 곱게 성장하였습니다.

김 양은 우리나라 최고의 명문인 서울대학교 의과대학을 졸업하고, 서울대학교 병원에서 인턴과 외과 레지던트 과정을 마친 후, 현재 같은 병원에서 이식혈관외과 전임의(fellow)로 일하고 있습니다. 김 양은 장기이식 분야에서 우리나라 최고 권위자가 될 꿈을 착실히 실현해 나가고 있습니다.

신부 김 양 역시 성품이 착하고 밝으며 매사에 적극적이면서도 예의가 깍듯한 데다가, 보시다시피 뛰어난 미모를 겸비하고 있는 규수입니다.

이처럼 신랑과 신부는 모두 우리나라 최고의 지성인이자 최고의 엘리트입니다. 이토록 더할 나위 없이 훌륭하고 아름다운 두 젊은이의 결합, 이것은 하늘이 내려주신 최대의 축복이라 아니할 수 없습니다.

Ⅲ

오늘 저의 주례사의 테마는 '사랑'입니다.

결혼생활에서 가장 중요한 덕목이 무엇이냐고 묻는다면 저는 서슴지 않고 그것은 '사랑'이라고 대답하겠습니다.

신랑 이 군과 신부 김 양은 약 1년 전 친지의 소개로 처음 만났다고 합니다. 그러니까 신랑과 신부는 그때까지만 해도 서로 얼굴도 모르고 이름도 모르고 그야말로 남남 간이었습니다. 그런 두 분이 오늘 왜 이 자리에 이렇게 함께 서게 되었는가? 두말할 것도 없이 그것은 서로를 알게 되면서 두 분 사이에 사랑이 싹트고, 또 앞으로도 서로 간에 영원한 사랑을 확신할 수 있었기 때문일 것입니다. 사랑, 그것은 이 결혼의 원인이 되기도 하고, 또 그 결과가 되기도 하는 참으로 신비하고 오묘한 것입니다.

사랑은 첫째로, 너와 나의 일치, 다시 말하여 너와 내가 둘이 아니라 하나가 되고자 하는 그런 마음입니다. 1+1이 2가 아니라 1+1이 다시 1이 되는 신기한 등식이 바로 사랑입니다.

지금까지 두 분은 전혀 다른 세계에서 살아왔습니다. 자연히 두 분은 성격도 다르고 생각도 다르고 생활습관도 다릅니다. 도대체가 이토록 넓은 세상에서, 이토록 많은 사람들 중에, 두 남녀가 만나 결혼에 이른다는 것은 참으로 눈부시게 아름다운 기적이라 할 수 있습니다. 동시에 그것은 상당한 모험이기도 합니다.

이처럼 아름다운 기적을 이룬 두 분이 이러한 모험을 이기고 결혼을 성공으로 이끌어 가는 가장 중요한 비결은 무엇일까요? 그것은 무엇보다 두 분이 서로의 이질적인 요소들을 잘 수용하고 극복함으로써 최선의 일치점을 발견해 나가는 데 있습니다.

1+1이 2가 아니라 1+1이 다시 1이 되려면 각자의 입장을 반만 살리고 나머지 반은 상대방을 위하여 비워둘 수 있어야 합니다. 각자가 매사에 한 걸음씩 물러서서 상대방의 입장에서도 다시 한 번 생각해보는 자세가 몸에 배어야 하는 것입니다.

이러한 일치화의 과정이 바로 사랑의 체현이요, 그러한 일치화를 가능하게 하는 것이 바로 사랑의 신비인 것입니다.

사랑은 둘째로, 상대방을 존중하는 마음입니다.

부부간에도 언제까지나 서로 간에 존경심을 잃지 않는 것이 좋습니다. 서로 삼가는 마음과 예의가 필요한 것입니다. 그래야만 사랑의 향기가 오래오래 지속됩니다.

흔히 결혼 전에는 서로에게 고운 모습만을 보이려 애쓰다가도, 막상 결혼에 골인하고 나면 이제 내 사람이 되었는데 어쩌랴 여긴 나머지 몸가짐이나 언행이 흐트러지고 마는 부부들을 봅니다. 그것은 바람직하지 못합니다. 사랑은 항시 자신을 돌아보며, 서로 사랑받기 위하여 노력하는 가운데 얻어지는 소중한 열매인 것입니다.

세상에서 내 남편이 제일이고, 내 아내가 제일이라고 믿는 사람보다 더 행복한 사람은 없습니다. 두 분은 일생을 그러한 마음으로 사시기 바랍니다.

사랑은 셋째로, 어떠한 역경도 함께 이겨내고 상대방을 위하여서는 어떠한 희생도 감수하겠다는 적극적인 마음입니다.

사실 짧은 신혼 시기를 지나면 대부분의 부부생활은 꿈속의 생활이기보다는 다분히 적나라한 현실생활이 됩니다. 언제나 좋은 일만 이어지는 것이 아닙니다. 건강 문제, 경제 문제, 자녀나 가족 문제 등등 도처에서 어려운 문제들이 파도처럼 끊임없이 다가옵니다. 앞으로 두 젊은이는 이러한 파도에 맞서서 과감히 이를 헤쳐 나가지 않으면 안 됩니다.

그러기 위하여서는 두 분 간의 사랑이 단순한 일치와 존경의 차원을 넘어 동지적인 책임감과 희생정신으로 한층 더 '업그레이드'되어야 합니다. 사실 역경에 처했을 때 가장 마지막까지 이를 함께할 사람은 배우자뿐이라 해도 틀리지 않습니다. 이처럼 어려움에 맞서 서로를 희생하고 격려해가며 평생을 함께하는 부부애는 참으로 고귀한 것입니다.

마지막으로 사랑은, 배우자뿐만 아니라 그 주변까지도 함께 배려하는 마음이어야 합니다.

결혼생활이라 하여 부부 두 사람만의 삶이 되는 것은 결코 아닙니다. 오히려 결혼으로 인하여 주변에서 함께 어우러져 살아가야 할 사람들의 숫자가 대폭 늘어나게 마련입니다. 본가 이외에 시가 또는 처가로 인하여 가족 구성원이 대충 두 배로 늘어납니다. 그뿐만 아니라 상대방의 친척, 친구, 직장동료 등 여러 부류의 사람들이 새로이 자신의 생활권으로 진입하여 오게 됩니다.

이러한 주변의 사람들과 항시 원만한 관계를 이어 나가도록 노력해야 합니다. 이러한 원만한 대인관계는 두 분의 사랑이 순조롭고 풍성하게 자라나기 위한 토양과 같은 것입니다.

특히 두 분은 각각 지금까지 모셔 온 본가의 부모님과 형제들에게 변함없는 효도와 사랑을 기울임은 물론, 오늘 새로이 맺어진 시가와 처가의 부모님과 형제들에게도 효성과 우애를 다하십시오. 그 사랑이 몇 갑절이 되어 그대들에게 돌아올 것입니다.

덧붙여, 특별히 두 분에게 말씀드릴 것은, 두 분은 국가 사회에 중요한 일을 수행할 지도자로서 공인의 입장에 있다는 점입니다.

자연히 두 분에게 거는 국가 사회의 기대가 남달리 크고, 그만치 세상 사람들의 주시도 많이 받게 마련입니다. 따라서 공인의 신분에 걸맞게 공사생활에 더욱 신중을 기함은 물론, 언제 어디서나 검소하고 겸손한 자세를 잃지 마시기 바랍니다.

또한 어려운 이웃이나 사회의 그늘진 구석도 자주 돌아보고, 그들에게 되도록 많이 베풀고 되도록 많이 봉사하는 자세로 살아가시기 바랍니다.

IV

결혼생활은 단거리 경주가 아니라 오랜 시간을 함께 달리는 장거리 경주입니다.

이제 그 출발점에 선 두 분에게 본 주례자는 물론 이곳을 가득 메우신 모든 하객들께서도 힘찬 응원을 보내주실 것입니다. 그대들의 앞길은 양양하고, 하느님의 크신 가호가 언제까지나 그대들과 함께하실 것입니다.

시인 로버트 프로스트는 읊었습니다. "이 세상은 사랑하기에 참 좋은 곳"이라고.

정말 그렇습니다. 모쪼록 사랑하기에 좋은 이 세상에서 오늘 새로이 탄생하는 이 한 쌍의 부부가 서로 사랑하고 또 서로 사랑받고 있다는 확신을 가지고 향기가 샘솟는 행복한 가정을 이루어 나가시기를 진심으로 빕니다.

감사합니다.

— 2011. 12. 10.
주례 김경한

'한국범죄방지재단' 이사장 취임사

I

오늘 제가 여러분의 부름을 받고 존경하는 정해창 이사장님의 뒤를 이어 '한국범죄방지재단'의 새로운 이사장으로 취임하게 되었습니다.

재단 창립 20주년을 맞아 새로운 변화를 모색해 보라는 뜻으로 알고 있습니다마는, 여러모로 부족한 제가 이 사명을 능히 감당해 낼 수 있을는지, 걱정스럽고 어깨가 무겁습니다.

이 자리에 서면서 저는 먼저, 평소 우리 재단의 활동에 깊은 관심을 기울여 주시고 오늘 바쁘신 일정을 무릅쓰고 이 자리에 왕림하여 축하를 해 주신 존경하는 이수성 전 총리님, 황교안 법무부 장관님과 법무부 간부 여러분께 진심으로 감사를 드립니다.

멀리 일본에서 축사를 보내주신 히노 마사하루 아시아형정재단 이사장님께도 감사의 뜻을 전합니다.

그 밖에 이 자리를 빛내주신 내외 귀빈 여러분과 우리 재단의 임원 및 회원 여러분께도 충심으로 감사의 말씀을 드립니다.

Ⅱ

우리 재단은 1994년에 창립되었습니다.

우리 재단이 창립되어 오늘 20주년을 기념하기까지 그 중심에는 항시 존경하는 정해창 이사장님이 계셨습니다.

여러분 모두가 잘 아시다시피 정해창 이사장님께서는 평생을 검찰에 몸 바치시고 법무부 장관, 대통령 비서실장 등 국가의 핵심 요직을 두루 섭렵하신 분입니다. 공직을 마치신 후 편안히 지내실 수도 있는 입장이셨습니다.

그러나 정 이사장님께서는 우리 사회의 범죄 문제가 지극히 심각하다 함을 체감하시고, 그동안의 경험과 경륜을 살려 민간차원에서 이 문제에 대처하는 방안을 강구해 보고자 고심하셨습니다.

그 고심 끝에 태어난 것이 바로 공익법인인 한국범죄방지재단입니다.

그렇게 태어난 우리 재단은 지난 20년간 끊임없이 움직여 왔습니다.

한 해도 거르지 않고 매년 춘추로 범죄방지 관련 학술 세미나와 강연회 등을 개최하여 이 분야에 대한 일반의 관심을 고조시켜 왔습니다.

또 비록 만족할 만한 액수는 아니지만 매년 범죄 관련 분야 외부 학회나 단체의 활동을 물심양면으로 지원하고, 7년째 범죄 관련 학술상을 시상하고 있습니다.

그리고 국내는 물론 UN 범죄방지 관련기구, 아시아 각국의 민간 범죄방지단체와의 교류·협력도 수행하였습니다.

또 해마다 몇 차례씩 재단 기관지 《범죄방지포럼》을 비롯한 각종 간행물을 출간하여 전국에 배포하는 등의 활동을 꾸준히 해 오고 있습니다.

법인은 하나의 법률상의 생명체입니다만, 법인이라는 생명체가 20여 년간 존속한다는 것은 그리 쉬운 일이 아닙니다. 더구나 한 푼의 국고보조도 없이 순수하게 민간차원에서 이와 같은 활동을 벌이면서 20년간 끈질기게 생명을 유지하여 왔다는 것은, 어떤 의미에서는 하나의 기적이라고도 할 수 있습니다.

거듭 말씀드리지만 이러한 기적이 가능했던 것은 정해창 이사장님과 한영석 부이사장님을 비롯한 재단의 이사·감사님들, 그리고 각계각층에 계시는 개인회원과 법인회원 들의 숨은 도움이 있었기 때문입니다.

이 모든 분들께 신임 이사장으로서 마음에서 우러나오는 깊은 감사를 드립니다.

그래서 저는 이 자리에서 한 가지 제안을 드리고자 합니다. 그것은 지금부터 정해창 이사장님을 우리 재단의 명예이사장으로 추대하여 모시고자 하는 것입니다. 동의하시면 박수로 환영해 주십시오.

그리고 또 한 가지, 초창기부터 지금까지 수고해 주신 모든 원로회원님들께서는 저희를 내치지 마시고, 앞으로도 계속 재단에 남으셔서 지도 편달을 아끼지 말아 주시기 바랍니다.

Ⅲ

이제 우리 재단의 책임을 맡으면서 저는 재단의 발전을 위하여 심기일전하고 나름대로 최선을 다하고자 합니다.

먼저, 우리 재단의 활동방향을 이 시점에서 한번 재검토해 보고자 합니다.

즉, 지금까지 재단은 다분히 학술적인 측면에 중점을 두고 범죄방지 문제를 다루어 온 감이 없지 않습니다.

이러한 노력은 물론 소중하고 또 필요한 것이므로 앞으로도 계속 유지 발전시켜 나가야 하겠지만, 이에 보태어 범죄방지를 위한 실제적 측면, 다시 말하여 이 목적 달성을 위해 현장에서 우리가 할 수 있는 일이 없을지 모색해 보았으면 합니다. 우리 사회의 구석구석에는 우리의 작은 손길일망정 이를 기다리고 있는 사람들이 분명히 있을 것이라고 생각하기 때문입니다.

두 번째로, 우리 조직에 새로운 젊은 피를 좀 수혈해야 하지 않을까 생각합니다.

차제에 새로운 회원들을 대거 영입하고, 이사진도 많이 보강하고자 합니다. 지금까지 수고해 주신 분들의 경험과 경륜에, 새로운 분들의 창의력과 추진력이 보태어진다면 조직은 한층 더 진취적으로 발전하고 활성화되지 않을까 믿습니다.

끝으로, 가장 어려운 과제입니다마는 재단의 재정적 기반을 좀 더 충실히 할 필요가 절실합니다.

뭐니 뭐니 해도 사업을 추진하는 데 가장 불가결한 것이 바로 재원입니다. 이 문제가 해결되지 않으면 조직의 활동은 공허해질 수밖에 없습니다.

공익재단의 경우는 더욱 그러합니다.

이 과제를 위하여 저와 모든 이사들이 발 벗고 나서기로 결의를 다진 바 있습니다. 이 자리에 계신 모든 분들께서도 많이 도와주시기를 간절히 호소합니다.

IV

이사장으로서의 저의 임기는 3년인 것으로 알고 있습니다. 저는 이 3년에 걸쳐 우리 재단이 다시 한 번 중흥을 이룰 수 있는 전기를 마련해 보고자 합니다.

그리고 저의 임기가 끝나는 날, 좀 더 젊고 유능한 분에게 이 자리를 물려주었으면 합니다.

그렇게 하면 우리 재단은 그 목표에 한 걸음 더 접근하면서 앞으로 또 다른 20년을 넘어 영속할 수 있으리라 믿습니다.

범죄는 우리 몸이 평생 끼고 살아가는 심각한 만성병과도 같은 것이라 할 수 있습니다.

만성병은 잘 관리되어야 합니다. 이를 잘 관리하지 못하면 우리 몸은 지탱하지 못하고 끝내는 쓰러지고 말 것입니다.

범죄도 그렇습니다.

지금까지 우리 사회가 이만큼이나마 건재할 수 있었던 것은 국가 차원에서, 또 사회차원에서, 그리고 민간차원에서 줄기차게 범죄와 투쟁하고 이를 관리하는 분들이 있었기 때문입니다.

지난 20년간 우리 재단도 그 대열에 동참하여 나름대로 힘을 보태어 왔다고 자부합니다.

비록 실개천 같은 힘에 불과하였습니다마는, 큰 강물도 많은 작은 실개천이 모여 이루어지는 것이 아니겠습니까.

저는 이와 같은 지난날의 노력을 매우 값지게 생각하면서 지금부터 저에게 주어진 역할을 기꺼이 감당해 나가고자 합니다.

여러분, 많이 격려해 주시고 지도 편달해 주시기 앙망합니다. 감사합니다.

— 2014. 11. 4.

(재)한국범죄방지재단 이사장

김경한

머문 듯 가는 것이 세월인 것을

안동이여 영원하라!
― '한국정신문화의 수도' 선포
6주년 기념식 축사

"고향이 어디십니까?"

사람들로부터 이런 질문을 받으면 저는 언제나 기분이 좋습니다.

"예, 제 고향은 안동입니다."

자랑스럽게 대답하면서 저는 그때마다 고향에 대하여 무한한 자부심을 느끼곤 합니다. 그러면서 안동은 선비의 고장이니 충절의 고장이니 민속문화의 고장이니 등등 장황한 설명을 늘어놓곤 하였습니다. 그런데 수년 전 당시 시장님이 안동을 '한국정신문화의 수도'라고 선포하였습니다. 안동의 성격을 딱 한마디로 나타내는 참으로 기막힌 표현이라 생각되었습니다.

사실 안동은 그동안 경제력 측면에서 매우 낙후된 도시였습니다. 그래서 과거 안동에 공단이나 산업시설 같은 것을 유치해 보려는 부단한 노력이 있었습니다. 하지만 그러한 시도는 대부분 빗나갔습니다. 지정학적 여건을 도외시한 채 엉뚱한 곳에서 길을 찾았기 때문입니다.

안동이 갈 길은 따로 있었습니다. 안동은 마을마다 다른 지방에서는 보기 어려운 풍부한 문화유산을 가지고 있습니다. 우리가 상속받은 이 유산을 잘 가꾸고 세상에 널리 알리는 일이 바로 안동의 활로를 트는 길이었습니다.

다행히 역대 시장님들을 비롯한 뜻있는 시민들과 출향인사들의 노력이 합쳐져 이런 면에 괄목할 만한 성과를 거두었습니다. 이역만리 영국의 여왕이 안동을 찾아오고, 안동이 유네스코 문화유산도시에 가입되었으며, 해마다 수많은 사람들이 이 정신문화를 체험하러 안동을 방문하고 있습니다. 이제 안동은 더 이상 은둔의 도시가 아니라 명실공히 '한국정신문화의 수도'로 국내에서는 물론 전 세계로까지 각인되어 가고 있습니다.

하지만 우리는 이 정도로 만족할 수 없으며, 앞으로의 과제 또한 많습니다.

우선 우리 안동의 청정한 자연환경을 잘 보전하는 데 힘을 모아야 합니다. 정신문화라는 꽃은 청정한 환경에서 더욱 잘 피어날 수 있기 때문입니다. 이를테면 유서 깊은 고택마을에 기름 냄새 나는 식당가를 만드는 따위의 우(愚)를 다시 범해서는 안 됩니다.

또 이제는 여러 곳에 흩어져 있는 유적지뿐만 아니라, 안동의 도심지 자체도 정신문화의 향취가 느껴질 수 있도록 다듬어 나가야 합니다. 유럽의 전통문화도시들처럼 건물 하나하나, 담장 하나하나, 간판 하나하나에서도 다른 도시와 차별화되는 안동의 분위기가 느껴져야 합니다. 그래야만 문자 그대로 "정신문화의 수도"가 완성되는 것입니다. 그 거리 어딘가에 세계적 규모의 박물관이 하나쯤 있어, 사람들이 그 박물관 한 곳만 보더라도 안동을 알 수 있으면 더욱 좋을 것입니다.

유교문화나 민속문화는 더 이상 케케묵은 구시대의 유물이 아닙니다. 특히 황폐한 물질문명에 지친 현대인에게 우리 안동의 선비문화는 한 줄기 청량한 바람이 될 것입니다.

거듭 강조하거니와 안동은 그 승부를 고유한 '안동문화'에 걸어야 합니다. 경제적 성과 같은 것들은 그 부산물로 저절로 따라올 것입니다. 이번 '한국정신문화의 수도 안동' 선포 기념행사의 의미도 이런 데 있으리라 생각합니다.

끝으로 여러 해 전 안동시가 주최한 〈출향인사 서예전〉에 제가 출품하였던 글을 여기에 적어보고자 합니다.

내 어린 시절의 꿈을 가꾸어 주고
외로울 때 따뜻한 위로가 되며

마침내 나 돌아가서 편히 쉴 곳

마을마다 선비의 숨결이 스며 있는

미더운 그대 안동이여 영원하라.

— 2012. 7. 4.

　　　　머문 듯 가는 것이 세월인 것을

관악대상 수상소감

I

여러분 안녕하십니까.

여러모로 부족한 제가 서울대학교 총동창회로부터 이처럼 귀한 상을 받게 되어 우선 부끄럽고 또 송구스럽습니다. 그러면서도 한 편으로는 솔직히 영광스럽고 기쁜 마음 또한 숨길 수 없습니다. 그 것은, 이 상이 사랑하는 동문들이 주시는 세상에서 가장 순수한 상 이고 그래서 가장 값진 상이라고 생각되기 때문입니다.

저는 먼저 저를 뽑아주신 총동창회의 이희범 회장님과 관악대상 운영위원회 문용린 위원장님, 그리고 모교의 오세정 총장님께 특별 한 감사를 드립니다. 저를 추천해 주신 법과대학 동창회 우창록회 장님께도 깊은 감사를 드립니다. 또한 오늘 이 자리에서 따뜻한 박 수로 축하를 해주시는 동문 여러분, 대단히 감사합니다. 오늘의 이 장면을 오래 잊지 못할 것입니다. 그리고 이렇게 마이크 잡은 김에 평생을 저 하나를 믿고 말없이 따라준 아내와 가족에게도 모처럼 저의 살뜰한 마음을 전하고자 합니다.

Ⅱ

여러분, 서울대학교가 어떤 대학입니까? 동문들 사이에 자주 인용되는 시 중에 이런 구절이 있지요.

"누군가 조국의 미래를 묻는다면 고개 들어 관악을 보게 하라."

정말 그렇습니다. 어제도 오늘도 관악이 배출한 많은 인재들이 요로요로에서 국가 사회를 이끌어 가고 있습니다. 제가 여태껏 살아가면서 주변에 작은 기여나마 할 수 있었다면 이것도 상당부분 모교의 덕분이었습니다. 그만큼 저는 서울대와 동문들로부터 많은 은혜를 입었으며, 이 점을 참으로 고맙게 생각하고 있습니다.

Ⅲ

저는 약 10여 년 전 공직을 물러날 때까지 30여 년간을 검찰에 봉직해 왔습니다. 검찰은 저에게 다른 무엇과도 바꿀 수 없는 참으로 소중한 존재였습니다.

그런데 오늘날 그 검찰이 소위 '검찰개혁'이라는 이름 아래 만신창이가 되어가고 있습니다.

지난날 검찰에 크고 작은 여러 가지 허물이 있었던 것을 부인할 수 없습니다. 이러한 허물들에 대하여 우리 검찰인들은 맹성해야 합니다. 그러기는 하지만 건국 이래 70여 년의 역사를 통하여 검찰은 국가의 중추적 수사기관으로서 중요범죄의 수사에 막중한 역할을 해 왔던 점 또한 사실입니다.

그러므로 이 시점에서 검찰을 개혁한다면 검찰의 그러한 허물들, 이를테면 '정의롭지 못했던 부분', '공정하지 못했던 부분', '민주적이지 못했던 부분' 등 악성 환부를 골라, 유능한 외과의사처럼 정교하게 도려내야 할 것입니다. 무딘 부엌칼 같은 것으로 이곳저곳 마구 쑤셔보고 마구 잘라보고 이런 식으로 해서는 절대로 안 됩니다.

자세히 들여다보면 벌써부터 이처럼 험한 칼질로 과거 검찰의 긍정적 기능마저 크게 손상되거나 무력화되어버리고, 나아가 여러 국가 수사기관 간의 스텝이 꼬여버린 나머지 '거악'의 응징에 심각한 공백과 왜곡이 생길 조짐마저 보이고 있습니다. 이렇게 되면 얼씨구나 하며 거악이 발호하게 될 수밖에 없습니다.

따라서 지금이라도 잠시 가쁜 숨을 고르고, 검찰개혁의 진정한 목표가 무엇이며, 이를 달성하기 위한 상식과 순리가 어디에 있는지 원점에서 다시 성찰해보는 시간을 가질 필요가 있습니다. 계속해서 무작정 밀어붙이다가는 자칫 역사에 돌이킬 수 없는 죄를 짓게 될 수도 있음을 지적하지 않을 수 없습니다.

IV

10여 년 전 공직에서 물러났을 때, 자연히 앞으로 여생을 어떻게 보낼 것인가 곰곰이 생각해보게 되었습니다. 그때 결론이 '어차피 30년간 범죄로 밥벌이(?)를 해 왔으니 이 주특기를 살려나가는 수밖에 없다'는 것이었는데, 다만 과거에는 어떻게 하면 범죄자를 한 사람이라도 더 잡아들일 것인가라는 쪽에 신경을 집중하였다면, 앞으로는 어떻게 하면 우리 사회에서 범죄자를 한 사람이라도 줄여 갈 수 있을 것인가라는 쪽으로 그 중점이랄까 방향이 크게 바뀌어버린 차이가 있습니다.

그래서 이러한 일을 하는 몇 개의 조직과 운동에 하나둘 관여하다 보니 발목이 깊이 빠져 어느새 그것이 저의 전업이 되어버렸습니다. 뜻을 같이하는 많은 분들이 이에 동참해 주었습니다. 그분들과 함께 정기적으로 재소자나 우범자를 찾아 인간적인 대화도 나누고, 운동이나 노래도 함께 하고, 전국 수용시설에 좋은 책도 꾸준히 공급하고 있습니다. 또 정기적으로 관련 학술행사를 개최하고 전문 잡지를 발간하는 한편, 후미진 우범지대 곳곳에 밝은 벽화를 그려 넣는 등등의 사업도 합니다. 이제 그런 일에서 제법 쏠쏠한 재미를 느끼고 또 나름의 보람도 느끼면서 살아가고 있습니다.

V

돌아보니 세월이 참 빠릅니다. 어어— 하는 사이에 어느덧 희수의 나이에 이르렀습니다. 이제 꿈과 이상을 논할 그런 연치는 아득히 지나가버린 것 같습니다.

그럼에도 불구하고 저는 마치 젊은이처럼 오늘의 과분한 수상을 다시 한 번 저의 자세를 가다듬는 계기로 삼았으면 합니다. 존경하는 동문 여러분들의 변함없는 지도와 편달을 부탁드립니다.

감사합니다.

— 2021. 6. 11.

머문 듯 가는 것이
세월인 것을

ⓒ 김경한

초판 1쇄 발행 2022년 6월 20일

지은이 김경한
편집 임지원
펴낸이 조동욱
펴낸곳 보이스프린트
등록 제2020-000049호
주소 03057 서울시 종로구 계동2길 17-13(계동)
전화 (02) 744-8846
팩스 (02) 744-8847
이메일 aurmi@hanmail.net
블로그 http://blog.naver.com/ybooks
인스타그램 @domabaembooks

ISBN 979-11-977978-1-1   03810